日子的風景

陳雨航 著

自序

旅行總是令人憧憬

旅行總是令人憧憬，終於可以到一個期待的他方異國，張望大不相同於尋常日子所見的風光。

大多時候，你所經歷的旅行，有種你知道最終還是會回歸的遠離情懷，你清楚你不是流浪而前路茫茫未知，你有實質上與心理上的依靠，大體上你是安全的。這安全的遠離情懷，造就了一些小小的探索，感受某種人文景象，邂逅一些人，獲得一點啟發。

啊，平凡人的旅行。

我就是這樣旅行的。

收集在這裏的四十一篇文字，是十年來書寫的一部分，當中有許多篇章與旅行相關。看來，我是喜歡旅行的，雖然許多感興趣的地方無法親履，但不強求，幸好我能從閱讀上找到別人的經驗，聯結與想像更多的內容，那也帶來不少的樂趣。閱讀對我來說，意味著更遼闊的旅行。

我的海外旅行經驗完全算不上豐富，但還是珍惜旅次上的所見所感。旅行時光看似脫離了尋常日子，終究還是自己人生之河的洄流，而且通常是微小的洄流，與生命中許多物事一樣，如果不意外，都會在記憶裏漸次褪色、模糊，甚或遺忘、消失。

時光流淌，歲月輕渡，惟書寫或能存在，這些記憶中留存下來的文字，因此而構成我心中的風景吧。

曾經的二十餘載職涯，擔任的是編輯工作，如今，當我成為一位作者，還是需要編輯的協助。馬可孛羅總編輯郭寶秀小姐與我相談出匯集文章的方向，並為這本書定了一個具意義的名字，我要感謝她。同時，也要感謝執行編輯對這本書的盡心。

二〇一五年元月

目次

輯二

輯四

輯一

長崎蛋糕

有一種日式蛋糕叫做カステラ（Castilla，卡斯提拉），它是由麵粉、雞蛋和砂糖等蒸烤出來的。通常是蛋黃色的大方塊狀，然後再分切成小塊。我們一般稱為長崎蛋糕、蜂蜜蛋糕或者長崎蜂蜜蛋糕。

其實更早的時候就有這種蛋糕了。我記得在早期糖果糕餅的禮盒裏，常見到小塊的這種蛋糕，烤得微焦的上皮還有抽象鬱金香圖案的拉花。長崎蛋糕在台灣的普及大致在一九六〇年代以後。典型的這種蛋糕店鋪裏只專賣這一種蛋糕，他們在店面玻璃櫃裏擺上多層的大塊蛋糕，店內櫃檯後面的架上還疊有許多金色紙盒，這些紙盒長度約為二十七點五公分，高度約六點五公分，寬度則從七、八公分到二十幾公分不等，依顧客的需要，切成相對應的寬度裝盒出售。以我最近常去的一家這種蛋糕店來說，他們分成五種尺寸零售。

這些店也像其他類型的中西點糕餅店一樣，接受大量的訂單，有一陣子訂婚、彌月滿多人使用的，但現在西點糕餅禮盒包裝越來越講究的時代，相對樸素的長崎蛋糕大概比較少人使用了吧。

我喜歡長崎蛋糕的理由之一，是它的質地紮實（但還在鬆軟的範圍之內），另外就是有一點點濕潤感。通常買回來開封即食，要是放到第二天，我就會收進冰箱，以保持好的咬口。

早期某一、二品牌不知是被併購了呢，還是擴充成全國發行的大品牌綜合西點公司，長崎蛋糕於是成了量產品。它們通常的保存日期長得多，因而以玻璃紙袋或塑膠袋密封，裏面還放一包乾燥劑。雖然我並不排斥，但它比較鬆，也沒有一般蛋糕常有的濕潤度。我是覺得它遠不如傳統店鋪製作的新鮮好吃。可這也不能一概而論，內人就與我持相反的論調，這也是我在購買時要稍微躊躇一下（也只有一下）的原因。

從小就知道這種蛋糕叫卡斯提拉，四個音節，未嘗細究。知道這名字怎麼來的則是得自補習班的地理老師。這位老師上課兩手空空，在黑板畫起地圖來極詳細。有一天上到西班牙，他畫了伊比利半島，又劃分了葡萄牙和西班牙，接著是西班牙的細部。提到卡斯提爾高原時，他頓了一頓，說：有一種蛋糕叫卡斯提拉，就是從這裏來的……那當兒，用現在的話說，我知道的這一種小小的蛋糕就和廣大的世界接軌了。

卡斯提拉其實就是西班牙前身卡斯提爾王國的人們吃的主食，十六世紀日本室町幕府末期由葡萄牙人傳到長崎，然後流行開來。這是我們這裏卡斯提拉店會說「長崎本舖」、「長崎蛋糕」的緣由吧。台北市西寧南路有一家卡斯提拉店，名字叫「南蠻堂」，也充滿了長崎意涵。

日本人稱的「南蠻」是指西洋人，因為是從南方來的。雖然指涉不一樣，但顯然其名詞和位置視角與中國是一致的。日本有所謂「南蠻料理」，顧名思義是早期西洋料理發展而成的。加拿大作家威爾・弗格森在他名為《日本，搭個便車吧》（馬可孛羅出版）的書裏，對肆無忌憚地使用「南蠻」這樣帶歧視性的名詞加以撻伐，他說，相應於「南蠻料理」，我們西洋人是不是應該用「日本鬼子料理」來反擊呢。

回到卡斯提拉蛋糕。這類蛋糕店還常常用「長生本舖」、「長壽堂」、「加壽蛋糕」等等店招或形容詞，有時還用上南極仙翁的圖案，似乎暗示著常吃這種蛋糕會長壽。我不知道是什麼緣由或怎樣形成的，但我從不相信，哪有這麼好的事，不就是一塊蛋糕嗎？

職人一席話……長崎蛋糕②

購食長崎蛋糕，本屬很平凡的一件事，但是這類蛋糕店並非到處可見。於我而言，有幾年間的光陰，一個星期會經過專做長崎蛋糕的店舖一次，也不會每次都買。這件事固然不像購買吐司麵包那樣日常，但也並不特別到需要再三思量。或者僅能說是日常再加一點期待的特意吧，或許可以稱之為「庶民式的一點點華麗心情」。

顯然南蠻堂的老闆並不只是這麼想。

幾年前寒冷的一個傍晚，我走進南蠻堂，像往常一樣買了一小盒蛋糕，轉身要走。

「這個蛋糕最好放兩天再吃喔。」坐在裏面的一位四十幾歲的漢子突然站起來向我發話。自從一年半前開始駐足這家蛋糕店以來，切蛋糕裝盒給我的十有九次是一位老先生或老太太，對眼前這個漢子沒甚麼印象。

「我連續兩星期看到你進來我們的店，所以想告訴你蛋糕比較好吃的方法。」

真湊巧，從來不會這麼高頻率地購買的啊，唯一的一次就被發現了。

「可是，我記得第一次買蛋糕時問過你們這蛋糕可以放幾天，你們的回答是四天，然後就得收到冰箱裏。」

「那是因為夏天。」他說：「像現在冬天，放個兩天以上，讓它水分均勻，蛋糕上面覆蓋的那層薄紙濕了的時候，會比較好吃。你應該試試梅雨季節的蛋糕，那是一年之中最好吃的時候……」

老闆說了許多有關長崎蛋糕的事情，於我而言，都很新鮮。然而我特別感到深刻的是他嚴肅而認真的表情，兩道微蹙的眉頭更加深了他的這個印象。從蛋糕的作法到一個專業師傅的養成；從不放添加物食品的分辨到食物的自然法則。他專注和投入的神態，不禁使我聯想起過去一位朋友說起資本主義經濟、社會達爾文主義或者棒球指擦球時的神情，兩者一無軒輊。

除了蛋糕風味的良竅之外，老闆也提及了其他的吃法。譬如說，切薄片，塗上奶油，「那才叫奶油蛋糕哩」；或者切薄片夾水果成為水果蛋糕。還有，「如果你願意一試的話，可以等到蛋糕發黴，然後把發黴的外皮剝去，那簡直好吃到……」

後面這種吃法聞所未聞，但也不會太令我吃驚，不是有人還喜歡特意吃發黴的起司嗎？

我有沒有接受蛋糕店老闆的建議呢？沒有。我喜歡吃比較純粹不加奶油起司的蛋糕，這是我之所以獨鍾長崎蛋糕的原因。

甚至於連老闆一再叮嚀的「放個兩天以上」的建議，我都未加理會。那麼一小盒蛋糕，在買回家當晚和第二天分幾次就吃完了，哪能等「兩天以上」呢？我能做到的大概只有等待梅雨季節「一年中最佳的風味」吧。

但是，老闆那席話以後，有點甚麼不一樣了，說不上來。我切蛋糕的速度慢了些，切得比較整齊，而品嘗的動作也緩了下來。

也就只有這樣而已。倘若把吃蛋糕這件事變得太鄭重其事，那就失去了生活上的愜意。如同我前此說過的，不就是一塊蛋糕嗎？

福砂屋、文明堂、烏雞庵以及不知名的……長崎蛋糕③

多年前，在部落格偶然寫了〈長崎蛋糕〉和〈長崎蛋糕2〉，敘述個人偏好的一種日式蛋糕カステラ（也就是台灣習稱的「長崎蛋糕」）的由來，以及與之的邂逅等等。在部落格裏和生活上，這兩篇文章都滿有一些迴響，後來又google一些關於長崎蛋糕的貼文來看，也因此我才知道一些台灣幾個大城市的在地品牌，以及日本的幾個著名品牌。

人們最常提到的日本カステラ品牌是「福砂屋」。福砂屋似乎是歷史

最悠久的一家，根據他們自己的說法，創業於寬永元年（一六二四年），當時是葡萄牙人還在長崎街上和日本人並居的年代（一六三六年，出島完成後，外國人就被限制在裏面了），初代的福砂屋就是從葡萄牙人那裏學來南蠻菓子（西洋糕點）的作法。

福砂屋因是老店號，社史便寫得落落長，我看起來比較有意思的是它的店號。福砂屋是當時的貿易商，進口多樣商品，譬如米、砂糖之類。當時的砂糖產地（或轉口地）在中國福州，從「福」州運「砂」糖到日本，或許是這家商號命名的由來，後來做蛋糕來賣還是用原來的商號。這種情形現在多的是，我第一個閃入腦海的是「台塑汽車」。到了十九世紀的明治時代，這家店把中國代表喜慶和幸運的蝙蝠設為商標。

另外一個常被提到的品牌是「文明堂」，文明堂創業於明治三十三年（一九〇〇年），也是個老舖，但還不夠老，一百年多一點。花蓮有一家以花蓮著知名的糕餅老舖「惠比須」，根據他們的店史，就比它早了一年。

比起三百九十年傳了十六代的老舖福砂屋，這個只有三代的文明堂似乎更猛，它開枝散葉成多家各自為政的和菓子店，都以「文明堂」為店名，只是加上地名來區別，最常聽到的有「文明堂日本橋店」、「文明堂新宿店」和「文明堂銀座店」等，可能和位居東京鬧區有關。在長崎那家則稱作「文明堂總本店」，大致活躍在九州和鄰近地區。文明堂似乎在企業經營上相對積極，過去曾經聯合幾家各地的文明堂做電視廣告，擴充知名度，網路上還可以找到那些廣告片，我就看過三個，還滿有趣的。

認識了「福砂屋」和「文明堂」這兩家日本カステラ的名門，心想，哪天有機會到長崎旅行時再順便嘗嘗吧。

結果是托朋友之福，還未有去長崎的機會之前便吃到兩家名門蛋糕了。先是M桑託工作上來往的朋友趁東京出差之便買了一盒送我，是文明堂的，那時候我還不知道文明堂有這麼多家，沒留意是哪一家的文明堂。

一年多以後，到東京附近旅行，承T桑贈予一盒蛋糕，是福砂屋東京支店製的。兩家的蛋糕都細緻可口。

我既非美食家，也沒立志吃遍各家蛋糕，吃過兩種日本名門長崎蛋糕，可以了，其他就隨緣吧，可我後續的長崎蛋糕緣還有不少呢。

朋友裏最善於自助旅行的Azu在日本的東北地方旅行了幾星期，從仙台的三越百貨公司買來一盒「烏雞庵」長崎蛋糕送我。這家在金澤（距仙台幾個縣分外）的蛋糕公司，特別強調他們使用的是烏骨雞蛋。果然它的蛋香較濃，蛋糕的細緻度也不遜於兩家名門。我後來無意間在網路上看到關於「烏雞庵」的報導，原來這是一家專養烏骨雞的公司，一隻烏骨雞一年只能生五十到七十個蛋，雖然評價不錯，但一個蛋要賣到五百日圓，銷路自然崎嶇，老闆接受了百貨公司的建議，用它開發加工品，結果花了兩年半研發出來的長崎蛋糕大受歡迎，直營店已經從金澤開到東京去了。

日本的長崎蛋糕也並不都是如上述幾家那麼細緻那麼講究的，前年去東京旅行時，安排了兩天彎到日光，在中禪寺湖畔的賣店看到名為「東照カステラ」的蛋糕，它的盒子是印成金色的（如同台灣一些老店的長崎蛋糕包裝盒），盒面除註明原味或抹茶口味之外，還有「金箔入」字樣，那是我第一次知道長崎蛋糕還有其他口味和放金箔的。我們選了一盒抹茶口味的和同行朋友分嘗，結果是大失所望，我覺得可能是販售期太長了，蛋糕太乾，難以入嚥。濕度是長崎蛋糕的基本條件，如果賞味期太長的，通常都不會太好吃。

後來，有一個短短的沖繩行，其中有一天在離沖繩本島有相當距離的宮古島遊覽，轉了幾個地方閒看後，末了來到一個具體而微的賣場。我在生鮮超市無意中發現到一種簡易版的長崎蛋糕，內容是六塊切好的蛋糕盛在塑膠皿裏，外面以塑膠袋封住，如是而已，相對於名門過度包裝的カステラ，真的是簡樸到家了。它的價格也很「簡樸」，大致只是同樣大小名門蛋糕的三分之一不到。我意識到它不是以土產賣給旅客或者供送禮使用，它是日常食生活裏的一環。外包裝上印的說明顯示是千葉縣千葉市（距成田機場未遠）製造的，賞味期限是七天。買了一份與同行朋友分食，它的細緻度當然不能和名門蛋糕相比，但以那樣的價錢入手，就感覺還不錯，甚至於蛋糕底部和福砂屋的相似，有未融化的粗糖沉澱造成的沙沙咬口哩。

這是個經濟實惠型的長崎蛋糕。若是自家附近的超市或柑仔店有這款蛋糕就好了。嗯，也或者有人會說：「那就糟了。」

長崎版長崎蛋糕……長崎蛋糕④

終於旅行去了長崎，親眼見證了我們之所以稱之為「長崎蛋糕」的源頭，果然頗有道理。

在日本其他城市的和菓子店或生鮮超市固然有機會看到長崎蛋糕，卻很少看到專賣店，然而我們到了長崎市的第一個遊覽地點和平公園，沿路上坡，還沒入園就看到了一棟文明堂總本店。

文明堂和福砂屋都是長崎蛋糕的名門，文明堂開枝散葉各自分立後，原來在長崎的老店稱「總本店」；「總本店」是字號，並非總部之意。我們來到長崎市之前，已經一路在福岡、佐世保等地看到文明堂總本店，一下子看到這麼多同一家的「總本店」，覺得有點滑稽。在長崎市的幾天裏，感受到文明堂總本店最活躍，看到多處專賣店，也看到許多廣告布招，不期然讓我聯想到花蓮的曾記麻糬。相形之下，歷史最久的福砂屋感覺低調些，但誰知道它的歷史會不會就是它最好的口碑？在長崎火車站前的長崎名產中心裏頭有二、三十個店家，其中有兩家長崎蛋糕專賣店：福砂屋和文明堂總本店。我們到的那幾天剛好遇到日本第一次的列福式，各地的許多神職人員都來參與這場天主教的盛事。儀式結束的第二天，我在火車站名產中心的福砂屋專櫃看到一字排開的神父和修女，在賦歸前買伴手禮。

如同台中的太陽餅，カステラ在長崎也還有眾多品牌，我手上的導覽書介紹的「匠寬堂」就是其中一家。匠寬堂的總店在名勝中島川眼鏡橋附近，規模和擺設以及文宣都頗大氣，我試吃後買了「五三燒」（蛋黃五蛋白三的比例）。像匠寬堂一樣，許多蛋糕品牌都在觀光客匯聚之處設點，日本最古老的教堂大浦天主堂附近有條街，簡直是長崎蛋糕街，和泉屋、長崎堂、清風堂，還有許多記不清的牌子都在那一帶，那裏甚至還有一間カステラ神社呢。

以雞蛋、糖、麵粉為主要原料的長崎蛋糕，當然以原味為主要產品，但也發展出許多其他口味。名門的福砂屋出品一種加了可可的，名為Oranda Cake（荷蘭蛋糕？）；清風堂有加了起司的；匠寬堂有枇杷口味的。其他還有抹茶、巧克力、柚子、草莓、芒果等口味，花樣繁多。

這麼多品牌和花樣，口味到底如何？我獨鍾原味，且也無法一一嘗試，但我明白長崎蛋糕的風味和保存期相關，像福砂屋是一個星期，其他有到一個月的，就看蛋糕舖的作法或者說堅持了。

長崎蛋糕不是去長崎旅行的唯一目的，看到這麼多品牌的長崎蛋糕應該是自然而然，頂多只能說我遇到蛋糕特別留意罷了。資料上還有新秀老舖多家，如長崎本舖、松翁軒、岩永梅壽軒等等。岩永梅壽軒這家一百八十年老店，一天只供應三十五至四十條，註明預約比較安心。這些店不順路就不特意去了，特意去的只有福砂屋長崎本店，談不上朝聖，只是聞名已久，既然來了長崎，那就去看看吧，這樣的意思。這家歷史悠久的長崎蛋糕老舖坐落在老商業區的小街口，我們在臨走的前一晚尋路而去，或許因為是夜晚，店舖外有些昏暗。買了兩盒蛋糕出了福砂屋，默默走在已經略顯寂寥的街道上，太太忽然開了口：

「甘願了哄。」

台灣版長崎蛋糕………長崎蛋糕⑤

初寫關於長崎蛋糕的文章時，許多網路上的朋友反應了他們自己對這種蛋糕的吃食心得，並提供了那些蛋糕店家的名稱，建議我有機會試試。沒特意去試，但很快地也就吃到了其中好幾家的味道。這都要感謝幾位朋友和子姪輩對我這位甜食饕客的愛護，當然，家裏另有種說法是我「被慣壞了」。

吃遍天下的長崎蛋糕當然是不可能也不必要，但幾年來靠著自助人助，日本和台灣的名門夯店或市場巷子裏的長崎蛋糕也見識了不少。在去過長崎，寫了〈長崎版長崎蛋糕〉後，也該是回過頭來看看「台灣版」的時候。

不久前，趁著與朋友南下旅行，私下安插了「長崎蛋糕購食行程」。先在國道三號清水服務區買了一家名叫「富林園洋菓子」（Petit Forêt）櫃子裏唯一的和菓子長崎蛋糕；到了高雄鹽埕區再尋路到旅館附近買我未曾試過的「巴堂」產品；回程再進入台中市內買「坂神本舗」。購食行程分散在旅行的前、中、後段，而且盡量買最小盒，是為了避免把品嘗蛋糕的歡樂行程變成差事般的負荷。

以西式甜點為主的「富林園」，它的長崎蛋糕與金格的「傳統手製長崎蛋糕」（只有兩家分店供應），和日本的長崎蛋糕名門一樣，包裝設計具現代感。其他的店則屬單店傳承為多，常以傳統金色紙盒包裝。

哪家的蛋糕好吃？

同行的朋友徐氏夫婦，以前未曾特別注意到長崎蛋糕，嘗過之後，他們說喜歡「富林園」的，再來是「坂神本舖」，「巴堂」相對黏了些。口味無爭辯，我反而喜歡與我在台北較常吃的「南蠻堂」接近的「巴堂」，看來我是喜歡帶點黏的，或許應該說是濕潤度略高的吧。

有一次，朋友王桑電郵告訴我，一位去日本九州旅行回來的友人帶回一盒長崎蛋糕，於是她約了幾個人，在事先不知情的狀況下，與台中的「坂神本舖」相呈比較，品嘗的結局是「坂神本舖」獲勝。這家台中人氣店常要排隊，果真。網路上還有朋友建議在掛了號等候蛋糕的當兒不妨到附近吃一碗「丁山肉圓」哩。

好吃與否除了口味，和各自的記憶也息息相關，「巴堂」是一位在高雄成長的小姐介紹的，小時候她父親常會從這家店帶回長崎蛋糕，因而有著不可磨滅的親情回憶。這位文筆優美、自署「松鼠」的小姐還說，到日本出差時，她會購買「文明堂」的長崎蛋糕，回旅館伴茶而食，仿如一種儀式。

上面提到的台灣版長崎蛋糕，還有台南的「長生」、屏東的「長崎」，我都嘗過，可能有些微的差異，但都吃得愉快。

從西班牙卡斯提爾高原人們的吃食，幾經流轉變化，成為現今的一種甜食，夠幸福了。如果你喜歡這種現在已經不那麼流行的蛋糕，花樣既不多，不需要跑那麼遠，在地的就足夠了。

長崎蛋糕的家族……長崎蛋糕⑥

平戶是長崎縣北邊的一個島，在葡萄牙人東渡來日本，到鎖國將荷蘭商館移往長崎市出島之前，曾經繁盛一時。有說長崎蛋糕最早傳到這裏，這應該是可能的，但如今的大本營和焦點已在長崎市則是不爭的事實。

平戶還產一種和菓子叫「カスドース」（KASUDOUSU，卡斯都斯），是將切成小塊（約台灣的鳳梨酥大小）的長崎蛋糕裹上蛋黃汁，再放入糖汁鍋裹煮過而成，呈金黃色。ドース是葡萄牙語「甜」的發音轉來，與カステラ（長崎蛋糕）前半合成得名。看作法和名稱就有數了，簡直是甜上加甜。我曾經在平戶一家老舖「湖月堂」購食，沒錯，螞蟻族會很喜歡。

在長崎市中島川附近的市場小街上，看到名為カステラ ケーキ的甜品，看起來是將小塊長崎蛋糕餅乾化的產物，咬口約在蛋糕和餅乾之間。

還有一種我從資料上讀到但未嘗過的，在東京隔鄰千葉縣的銚子市，銚子電鐵觀音站售賣的「濡れカステラ」。那是將長崎蛋糕浸泡糖漿製成，光靠想像，不嗜甜食的人大概會嚇到吧。

以上提及的應可視為長崎蛋糕的延伸產品。回過頭來再看長崎蛋糕，它除了一般的四四方方之外，可還有其他形狀？

有的。在和菓子的分類裏，カステラ是一個系統，所以它不只是我們平常在各品牌的專門店或百貨公司食品部的專櫃所看到做工細緻、包裝精美的那種而已。我曾經在大阪的便利商店買過一包透明膠袋裝的小蛋糕，是各種形狀的卡通動物和水果、物件等等，包裝袋上就寫著「カステラ」。

另外一次是在滋賀縣大津市某處市場買到一包小蛋糕，是一顆顆鈴鐺的形狀，稱作「鈴カステラ」。沒錯，它們都是カステラ，我們所稱的「長崎蛋糕」。

カステラ的日文漢字有多種寫法，粕底羅、加須底羅、加壽天以羅、家主貞良、佳好帝良等等，都是取葡萄牙語Castilla的音，有幾個偶爾還會在某些品牌的包裝紙上出現。同樣的發音，有一種漢字卻是以它的意義具現的，「雞卵糕」。

是的，雞卵糕，前面說的各種卡通動物和水果、物件，還有鈴鐺等等形狀的カステラ，我們在台灣的店舖裏也都見過，更不提如今在夜市裏、騎樓下手推車攤子上常見的模具鐵盤現烤的蛋形（與其他物件、動物、水果等外形的）雞蛋糕了。這些，我們台灣都不會稱它們為「長崎蛋糕」，我們沒將它們與憧憬的異國聯想在一起。

雖然，攏總是雞卵糕。

肥前屋二三事

I

我喜歡到「肥前屋」吃鰻魚飯。很多人也都有與我相同的喜好，所以我們得常常排隊。

有時候想起來，這件事還滿誇張的，幾乎每次去都要排一下隊，差別只是快一點慢一點而已。有時候隊伍從門口排到十幾公尺外，快接近天津街了，那樣估計沒有五十分鐘或一小時輪不到，通常我會望望然而去。吃頓飯要排隊，總覺得沒有十分必要……肥前屋已是例外了，但也要適可而止吧。

為什麼肥前屋？沒別的，因為那裏的食物新鮮好吃又便宜。以鰻魚飯來說，那幾乎是每一個客人必點的。微甜、多汁，烤得恰到好處（有時看起來焦一點，但好像味道也沒有差別），附一小碟淺漬蔬菜、一碗味噌湯，每客一百四十元。如果要多一些鰻魚和飯，那就叫一份大的，二百四十元。

這十年來，我常光顧這家店，因為喜歡吃日本料理的緣故。日本料理，我哪懂得個中三昧？不管你是在台灣或是在日本，講究起來，就要考量它的代價了。（哪一種料理不是這樣？）因此，庶民式的料理店無疑是最好的選擇。

肥前屋營業時間是中午十一點半到兩點半，下午五點半到九點。通常我若是不能早些去，就寧可晚些，中午一點以後人就少了，很快就補了位，有時甚至隨到隨點。那時候外面沒有長龍，心裏也就沒有壓力，反而能從容享用食物。

雖然店家供應不少菜色，但我幾乎不太點別的，首選還是鰻魚飯。如果兩個人以上，或者心情上想奢侈一些，再點一盤生魚片吧，最常見的是紅魽和鮭魚還有別的什麼，一人份一百八十元。可以接受的價錢，而且新鮮，咬口恰到好處。

因為人多擁擠，那裏真的只能專心品嘗美食，然後起身走人。一個朋友的朋友在長安西路當代美術館對面巷子裏開了一間名叫「波西米亞人」的咖啡店，離開肥前屋後，安步當車到那兒喝杯咖啡，才是聊天談事的好地方。有很長一段時間，那是我公私約會的固定行程。

2

有一個傍晚，我跟兩位朋友約了在肥前屋吃飯然後去聽一場音樂會。到了那裏一看，肥前屋前大排長龍，若是執意要吃，絕對來不及趕上音樂會，只好另謀他圖。我們於是在附近找到了一家也是以鰻魚飯見長的「京都屋」，京都屋生意也不錯，但不必排隊，雖然價位比肥前屋略高一點，可座位雅致些，比較像在餐廳吃飯，那兒的鰻魚飯有三款，招牌的海鮮沙拉也都不錯，值得一試。那以後我就有了兩種選擇。

像這樣熱門的店，我會努力避開周末前去。但有一個周末到附近有一點事，結束之後，一時興起，就約了幾個人前去。到肥前屋一看，長龍；轉到京都屋，外面擠滿了人，店員分發號碼牌時，告訴我半個小時後一定有。我們到附近巷弄轉了轉，三十分鐘後回來，又等了十分鐘，還是輪不到。我問滿頭大汗的店員，到底要等多久，他算了算告訴我，我們是第九順位，還有得等呢？只好快快然而去。

我的結論是肥前屋的客人習慣速戰速決，那裏的氣氛使然。京都屋的客人是期望慢慢享受一頓餐食，調子完全不一樣。如果要排隊，應該選擇肥前屋。

3

據說肥前屋的老闆來自日本。我想應該就是九州的長崎吧，「肥前」是日本古國名，大致就是現在的長崎、佐賀兩縣一帶。我曾經在店裏看到一個布帘還是什麼的，下款寫的也就是長崎的某某工商協會之類。

九〇年代初，肥前屋就是這個模樣了，生意好、排隊、以鰻魚飯知名……

記憶裏，更早的時候我就去過一次肥前屋，地點也是附近，但風格完全不同。

那是八〇年代初的一個中午，影評人張昌彥先生帶我去的。很普通的一個日式食堂，桌子少，客人不多，空間適當，記得在一個角落裏還有一方和式座位，得脫鞋上去。

張先生畢業於日本早稻田大學電影研究所，是少數從日本學電影回國的學者，任教於文化大學影劇系的他，論文是有關日本電影裏家族這樣的主題，那意味著以小津安二郎和山田洋次的作品為主，他是我認識的朋友中唯一一位看過小津全部作品的人。

我們各點了一客秋刀魚定食，吃飯的時候，張先生告訴我一段初到日本讀書時的趣事。

他跟研究所同學一起吃飯時，同學告訴他，在日本吃秋刀魚的正確方法是所有的部分都要吃進肚子，包括魚骨在內……

這當然是玩笑。

吃完飯，我看到張先生盤子裏一付剔得十分乾淨的秋刀魚魚骨。

後記　這是九年多前寫的，近年去得少了，一年一回吧。這一兩年，鰻魚價格高騰，肥前屋小份的鰻魚飯已漲至二百五十元一客矣。

鮭魚子蓋飯和海膽蓋飯

前些年，從電視上看到一集「料理東西軍」是由北海道東邊標津町產的鮭魚子蓋飯，和來自北海道南邊南茅部町的海膽蓋飯對決。

節目中的內容和料理工序就不細表了，不外是各種食材的上乘和取得不易、調味或提味料的講究等等。然後就是來賓得面臨的煎熬，看著面前幾乎是色香味俱全的精緻料理，「鮭魚子蓋飯或者海膽蓋飯，今晚你要點哪一道？」

這節目勾起我曾經也面臨在這兩者中擇一的回憶，那是十幾年前我們租車在北海道東邊旅行，來到知床半島的一處小漁港宇登呂的時候。正午時分我們在一個路口附近找了一間食堂，主要的供應就是鮭魚子蓋飯和海膽蓋飯。

一個大碗，盛了熱騰騰的白飯，白飯上面布滿鮭魚子或者海膽，撒一點細海苔片，再附一碗味噌湯，還有一小碟漬物（醬菜），就是這兩種定食的全部內容。每一道的價錢是一千五百日圓。比不上「料理東西軍」裏的精緻，但沒有選對選錯的問題，付錢就吃得到。

之前，我這兩種蓋飯都沒吃過，只在雜誌上看過照片。現場看到的實品，一顆顆金黃色的鮭魚子，果然像「海裏的寶石」，比起海膽亮眼多了，我在宇登呂的午餐因而選了鮭魚子飯。先扒了幾顆，在口中擠破了是一股輕微帶點甜的海腥味，感覺還不錯。

其實你要是委決不下，也有兩者得兼的吃法，那就是飯上各布一半的鮭魚子和海膽，但價格是一千八百日圓。或許覺得這樣奢侈了一點，也或許覺得下次反正吃得到另一種，同行五人都只點選了單品。

在宇登呂沒吃的海膽蓋飯，我後來旅行了幾趟日本，大概因緣不湊巧，居然未有再相遇的機會。

我猜想海膽的產量可能遠少於鮭魚子。鮭魚是餐桌上的主流魚類，一條母鮭魚剖開來就是成千上萬顆卵，而一粒海膽剖開來只有十片八片的卵巢、精巢。因此海膽的價格比鮭魚子昂貴，尤其是被認為上品的馬糞海膽。在電視節目上看到過介紹一家料理店的海膽蓋飯，上面滿滿的馬糞海膽，色澤光亮，引人食指大動，但價格達三千七百日圓之譜，換算成台幣約是一千兩、三百元。

台北的一家日系百貨公司的超市有生海膽，處理好呈淺卡其色的海膽卵（精）巢一份五、六排，售價約台幣七百元上下，那個份量，講究一點只能做一碗海膽蓋飯。有一晚，我在這家百貨超市的壽司打折時間進去，看到一盒綜合壽司裏有兩片海膽，因而買了下來。那是我第一次吃生海膽，很輕很軟，不需要咬，淡淡的說不上來是甚麼味道。

我很早就吃過海膽醬，那是裝在小角瓶裏，帶淺橘黃色的稠醬，瓶子上通常會寫著「雲丹」，正是指海膽裏可食的那部分。海膽醬味道很濃很特別，我還滿喜歡的，和生海膽比起來感覺上是兩回事。台北的迴轉壽司店常常可以看到用拌了海膽醬的切細條烏賊做成軍艦壽司。

至於鮭魚子，賣的地方就比較多了。我在大賣場的魚品部看到的大約十公分正方保麗龍小盤裝的漬鮭魚子，依重量價錢有別。最近看到有一份兩百多元的，勉強可以做兩碗鮭魚子飯的材料哩，價錢顯然比海膽便宜多了。

十年前在宇登呂那次午餐，或許該做另一種選擇。

海鮮蓋飯與「飯屋」食堂

多年前，在北海道之旅的某一天，臨別釧路市的時候，我們繞道和商市場，去看當地居民的「台所」（廚房）。我們來到一排排生鮮魚貨攤，看到一位顧客，在某位老闆指點下，先到鄰近的攤子買來一碗熱騰騰的白飯，然後回到海鮮攤上，讓老闆分別舀了幾勺不同的海鮮（漬鮭魚子、蝦卵等等）澆到白飯上，一碗海鮮丼（蓋飯）於焉在眼前誕生。便宜的價錢，站在攤子前面豪爽的吃法，充滿了庶民生活的歡欣和自在，要不是才吃完早餐，真想立即炮製，大快朵頤一番。

後來幾次去日本旅遊，雖然也還是喜歡逛他們的市場，卻未再遇見這種豪爽吃法的場景。至於海鮮蓋飯倒還並不難碰見，我自己循線尋去或無意中邂逅的經驗就有好幾回。

一次去靜岡縣看東海道五十三次的驛宿由比和蒲原，由清水進出。我們從伊豆半島西邊的土肥搭渡輪到清水，在清水車站前的旅客服務中心訂好了民宿後，順帶問出國前恰好從電視節目上看到的一個位在市場裏的食堂在哪裏，當值的服務小姐指點了就在附近的市場方向，果然很快就找到魚市場裏這家名為「宮本」的食堂，吃到了一客六百三十日圓的漬鮪魚蓋飯和一客一千兩百日圓的鮪魚肚蓋飯。漬鮪魚蓋飯是以醬油為底的特製醬料將生鮪魚片醃漬約二十分鐘後鋪成的。

東京上野有一片由好多巷弄組成的商店街「阿美橫丁」，裏面有一家專賣各種生鮮蓋飯的食堂，忘了店名，只記得是在靠近上野公園那個牌樓入口進去不多遠。這家蓋飯食堂的選擇很多，鮪魚以及其他種類的魚、蝦等等，單品或混合的菜色組成，記憶所及，價位約在六百多到九百多日圓之間，算是普羅的料理店，鮭魚子、海膽也有，但價錢要高一些。

從電視節目和旅遊書上看過好幾次，東京的中央批發市場築地有幾家著名的賣生鮮蓋飯的店，食客絡繹不絕。我雖然去過東京多次，甚至有一回還列入計畫要去嘗試一番，竟是陰差陽錯，至今一次都未去成。

沒去成築地吃蓋飯並不會有甚麼遺憾，一來我並非美食家，沒有遍歷名店評比的野心，而且我雖然有偏食的壞習慣，但脫離農家尚未超過兩代，味覺還沒進化到那麼精緻的地步（或許蓋飯不需要到這種程度）；二來東京吃食選擇性多，就算想吃海鮮蓋飯，大概也不需如此曲折。

吃生鮮魚片，台灣所在多有，單點生魚片、生魚片定食、握壽司，都是生魚片蓋飯的近似選擇，有甚麼就挑甚麼吧。即使如此，我還是很高興有「飯屋」這樣的日式食堂存在。

知道台北大學附近興安街上的日式食堂「飯屋」是來自網路，那已經是幾年前的事了。記得那位部落客拍了一張他們招牌餐「生魚片蓋飯」的照片，那由好幾種生魚片鋪滿的一份蓋飯，活色生香，外加一碗味噌湯和甜點，價錢合理，的確很吸引人。

一回因事經過那一帶，到了午餐的時分，想起有這麼一家食堂，便憑著記憶裏模糊的資料尋去，居然找到了。我點了生魚片蓋飯，果真是新鮮好味道。剛好那個時候起，我一星期固定有一天會在那附近走動，於是順理成章地成為「飯屋」的常客。別的時間進台北市，到了用餐時間，偶爾也會繞過去。

「飯屋」的蓋飯只有生魚片蓋飯一種，是綜合生魚片，大致是當日供應的魚類各一到兩片鋪滿到壽司飯上，中間還有一小撮鮭魚卵，它生魚片的切法與單點生魚片或定食的切法相異，比較有豪快的感覺。帶樸實風的一間食堂對細節還滿講究的，除了芥末之外，如果那天有鰹魚，那麼這兩塊鰹魚上面會有和著蔥絲的薑末。這樣的蓋飯一客是一百六十元。

初始以「日式簡約食堂」為口號的「飯屋」，基本上以定食為基礎，烤鯖魚、日式豬排、漢堡、生魚片、脆雞沙拉、烤松坂豬肉、烤牛肉等，另外也會視季節推出限定的菜色，既可單點，又可點以之為主菜的定食。定食與單點的價差約是五十至六十元，主菜以外，還有白飯一碗、一碗馬鈴薯胡蘿蔔等熬煮的咖哩（我習慣直接澆到白飯上）、一小碟蔬菜沙拉、一小碟小菜，當然，和生魚片蓋飯一樣，還有一碗味噌湯和甜點。每客定食的價錢因主菜而異，在一百五十元和一百九十元之間。

我十有八次是點相對於定食分量較少一些的生魚片蓋飯，但其他的菜色也點過，我覺得漢堡、脆雞沙拉、烤松坂豬肉、烤牛肉等都不錯，想換口味的時候我大多點這幾道。烤松坂豬肉的吃法很特別，竟然是沾芥末。

「飯屋」不大，兩人或四人的桌椅，裏面一方榻榻米可盤坐六人的席位，再加上料理台前的一排座位，一共可容納二十七位客人。顧客中不乏在附近工作的上班族，也有像我一樣從網路上慕名而來的。大概就是以定食為大宗了，最近更換了大招牌，「飯屋」旁邊的那行字變成了「日式定食專門店」，算是更清楚的定位。定食以外，也還有一些單點菜色，可樂餅（蔬菜、起司）、和風沙拉等等，也有手卷（海膽、鮭魚子、蝦）、豆皮壽司和握壽司，具有還算多樣的選擇性。

料理台後方的牆上掛著日本京都某料理學校的結業證書，以及料理師執照，顯示這位三十幾歲年輕老闆的出身。從一次很簡短的交談裏知道他們家過去也是開日本料理店的，但他自己倒是從日本的料理學校才起步，之後在日本和台灣的食堂工作好幾年，才開了自己的店。

不知是不景氣影響還是鄰近食堂的競爭，有一回，「飯屋」在店門口貼了一張手寫的大字報約莫兩個月之久，標題是「飯屋的十大堅持」。前幾個堅持都是關於食材方面的，魚類、豬、牛、雞的新鮮來源和好部位是強調的重點，也強調自家做的小菜和蘿蔔手工切絲。我看過幾次老闆用刀子將一條大蘿蔔削成像長條的白紙，然後再切細，這樣的人工蘿蔔切絲的確有較脆的咬口。

十大堅持的最後一點是堅持星期一休假，因為生鮮市場星期一休市。對食物的喜好容或因人而異，但品質這東西是不能有一刻放鬆的啊，我還滿喜歡這家裝潢簡樸而食物宜人的食堂。

後記　「飯屋」近年已遷至台北科技大學對面新生南路的巷子裏，菜單與價格或有出入，但基本上還是原本風格。

壽喜燒

很早我就吃過的一道美味料理叫做「Sukiyaki」。

那時候我們家在山區、近郊遷移幾次後，搬到市鎮街道的一個巷子裏。巷子很短，左右各兩棟雙併的日式木屋，共八戶人家。Sukiyaki就是從那裏上場的。

冬天的某個晚上，一反平時的家常晚餐，榻榻米的矮桌中間放了一個電爐，擺上鍋子，湯汁裏放進醬油和糖，滾沸後，就可以涮事先準備好的豬肉片、大白菜以及茼蒿了。那當兒，火鍋店在我們那個市鎮還得等上幾年，當然也沒有甚麼火鍋肉片可以買，我們吃的豬肉片是母親從豬肉攤上買來豬肉自己切片的。生活裏沒有冰箱沒有冷凍屠體的昔時，手工片肉是有著技術上的限制，我們未能預想到幾張其薄如紙的肉片即可鋪滿一個盤子的時代。至於沾醬，則是自家養的來亨雞蛋，一人一枚，打進碗裏，加點醬油攪拌而成。沒有甚麼蛋黃蛋白分開這回事，統統混在一起，在我們家是天經地義。

暈黃燈光下，淡淡煙霧中，額頭的薄汗，生津的唇角……，這樣難忘的畫面，這樣豐盛的晚餐，在那年的除夕夜又上演了一次。到了春天，我們就又搬家了。那之後的日子裏，不知怎的，Sukiyaki竟從我們家的食桌上消失了。或許，那次的除夕夜還收到了我生平第一回的壓歲錢，所以記憶裏的Sukiyaki特別美好，仿如樂園。

當時，Sukiyaki的名稱對我們而言只是四個音節，直到過了六、七年，我從報紙上看到日本歌手坂本九的〈壽喜燒〉登上美國流行音樂暢銷排行榜第一名的消息，報紙在「壽喜燒」後面並呈了Sukiyaki，我才知道那組音節對應的漢字。

壽喜燒從我們成長的家褪去，多年後在自己新組的家，在外頭餐廳，火鍋變得普遍，每個冬天都會吃上幾回，夏天也可以在冷氣房裏食用，湯頭講究，食料豐富，沾醬多樣，卻少見昔日家裏那種湯與醬，或許砂糖醬油的湯底不合口味，又或許太陽春了？

有些美味記憶是和地點緊密連結的。前些年回到舊日市鎮工作小住，一天晚上與朋友一起到一家名為「璞石」的咖啡館，到達後，發現它正好面對著舊居的巷子。我隔街望去，發現原本的八戶日式平房，七家還在，就那有著我們壽喜燒記憶的舊居已經被一棟五、六層的鋼筋水泥樓房取代了。

回頭說一下坂本九。坂本九生於一九四一年，二十歲左右以〈壽喜燒〉紅遍日本及海外，曾經巡迴歐美多國演唱，他為數不少的暢銷歌曲唱片，合計售出達一千五百萬張之譜。一九八五年死於日航空難。

〈壽喜燒〉原名〈上を向いて歩こう〉（昂首前行），引進英國時，發行公司才將歌名改成完全與歌詞和內容無關的〈Sukiyaki〉。這種曲名、書名或片名與內容無法或不易連結的例子不是太多，但也還是有的，小津安二郎最後一部電影《秋刀魚之味》，從頭到尾就沒提到也沒見到一條秋刀魚。

「夫婦善哉」與萬丹蜜汁紅豆

I

大阪逛街名所道頓堀裏有一處叫做「夫婦善哉」的麻糬紅豆湯店，十分有名，旅遊雜誌多不會漏掉介紹它。我第一次知道「夫婦善哉」也是從旅遊雜誌上看來，那次是第一回去京都，從大阪進出，安排一天遊大阪，便按圖索驥找到這家店。

我對「夫婦善哉」的初次印象是一家樸素的店，與很多日本的店鋪一樣，位子不多且窄，但感覺還好，好像可以穿著隨便就進去的住家附近的飲食店那樣。

它只賣紅豆湯，標準的一份是兩碗約五、六分滿各帶有一塊麻糬的紅豆湯，附一碟兩片的鹽海帶。

紅豆夠軟，湯夠甜，份量也足夠，便連鹽海帶一起都吃了。我對附鹽海帶的看法是以鹹襯甜，就像客家人喜歡在吃西瓜、鳳梨等水果時塗抹一點鹽一樣。

後來，我讀到日本國民作家池波正太郎關於美食的小文，提到大阪的「夫婦善哉」，他說喝過酒後到那裏吃份夫婦善哉有醒酒的功能。

第二次去大阪是朋友涂桑主持的出版社辦的員工旅遊，她們人數少，邀我參加，我便約了大兒子和她們同遊京阪神。

整個行程都由這家出版社的編輯May事先規畫和擔任導遊，由於事前功課做得細，我們跟隨而行，頗為順暢愉快。到大阪時，May也安排了「夫婦善哉」，到了道頓崛那個有名的活動小丑看板，面對它，左手邊不遠的巷子進去，「夫婦善哉」在焉。一行六人進入店裏，已經有另一群六、七人的觀光客圍桌而坐了，我們看到他們手上拿著當時台灣正風行的Mook系列旅遊導覽書，顯然是我們的同胞。

大兒子對兩碗紅豆湯無法完食，所以由我代勞。旅行回來不久，涂桑作東請我們這小小旅行團的成員午餐。涂桑對這次的京阪神之旅甚感滿意，「美中不足的是，」她說：「『夫婦善哉』的紅豆湯太甜了。」

我倒不會覺得太甜，我是屬於「如果紅豆湯不甜就不如不吃」的那種人，問題顯然是我對「怎樣才算太甜」和周圍的人有不同看法。

兩年後的家族立山黑部金澤行，回程繞由京都經大阪回來時又造訪了「夫婦善哉」，這回是代勞了小兒子無法完食的那碗。

然後，隔了八年餘，再次有機會由大阪進出，便又去了「夫婦善哉」。

這次對於找路滿在行的我有些挫折，一直找不到作為指標的那個活動小丑看板，繞了不少路，最後是走進一家書店從大阪旅遊書上找到指引，才到達那裏。

直覺「夫婦善哉」的地點似乎有了小小的變動，因為它和鄰近的那座法善寺的相對位置與我先前的印象有出入。直覺可能有誤，但內部確實是改裝了，雖然不是太講究，但是比起過去正式了些，不復那種閒適的氣氛。原先在裏面的櫃台已經改到了進門處，壁上掛了幾張照片，包括《夫婦善哉》的電影劇照。

過去，是從哪裏來的印象呢還是甚麼理由，覺得店裏可能不歡迎點一份而兩人分食的客人，所以我們都是一人點一份。這次我們一行四人進去，奉茶後的第一句話是問我們點幾份，想到過去的經驗，於是我們兩對夫婦點了兩份「善哉」分食。現在的價錢也改變了不少，每份已達八百日圓之譜。

印象裏過去是年老的店主人，不知是否退休了，現在是年輕人在招呼，這位穿和服的年輕女性開門送客時還指著我們的相機問需不需要為我們拍照。雖然「夫婦善哉」一直不乏像我們這樣的觀光客，但這次似乎更像景點裏的店鋪了。

去大阪，到「夫婦善哉」吃（兩）碗紅豆湯，見諸我的旅行，似乎成了一個儀式，但這回我們離開時，我覺得不會再去了。

2

三天兩夜的墾丁行回程的時候，我們四個人決定繞到東港午餐，我坐在後座翻看旅遊書上的地圖，尋找我們前進的途徑，然後我看到「萬丹鄉」。

「吃完飯我們到萬丹買蜜汁紅豆吧。」我建議。

當次的旅行之前兩年，我在花蓮有個工作，短期居住在那兒，大學同學有為夫婦從屏東市搭火車來訪，帶了一箱蜜汁紅豆饋贈。有為伉儷皆在萬丹教書二十餘年，他們告訴我萬丹是全台灣紅豆產量最高之地，且品質頗佳。

箱子裏是十二份塑膠盒裝上面覆以塑膠紙密封的紅豆（像超市豆腐的包裝），已經用糖煮過，撕開即可食用。它帶點液狀，但比一般的紅豆湯濃稠，也更甜許多，應該是可以加工做成其他甜品。當然，不嫌過甜的話，就那樣吃也未嘗不可，我就是那樣把它吃完的。

雖然有為夫婦說如果喜歡，這蜜汁紅豆是可以郵購的，但我沒到念茲在茲的地步，自然也就逐漸淡忘了。如今既到萬丹的邊緣，就近探訪應是順理成章。

午後，越過新園大橋，沿著右方的路轉二十七號公路北上，穿過高架的八十八號快速道路下方，不久即進入萬丹的市街。

我們四人都是第一次來萬丹，事前也未預做功課，唯一的線索來自有為告訴過我的，這蜜汁紅豆是萬丹鄉農會的產品。

事情進行得很順利，進入萬丹的街上沒多遠就看到了農會，我下車進去想問他們的展售場，卻見辦公室的一角有個櫃架，展示農會的一些產品，蜜汁紅豆就在那裏。

買了蜜汁紅豆，在同行朋友的詢問之下，農會的銷售人員指點了當地另一個名產萬丹紅豆餅的店鋪，其實就在我們剛剛經過之處，果然，很輕易就在一處國小邊的馬路旁找到了這家店。這是我看過的最大的紅豆餅店，它真的是一整個店而不是一個攤子。一排製餅器具後幾個店員忙著做餅，紅豆以外，還有芋頭、花生和奶油等口味。我們以紅豆餅為主，四種口味俱全的裝了十五個一盒，循原路出萬丹，從八十八號快速道路轉三號國道北上。

3

墾丁行回來第二天，太座把一盒萬丹蜜汁紅豆加點水煮成兩碗紅豆湯端上桌，還附加一碟兩小片從大阪買回來的鹽海帶。

「這自家做的『夫婦善哉』怎麼樣？」

沒有麻糬其實是不能稱「善哉」的，紅豆湯的好吃與否也是其次，但無論如何我都要回答說：「嗯，善哉，善哉。」

輯二

溫泉之旅及其他

最早的幾次到日本，都待在東京。無論住的是大旅館、小賓館，房間都很小，洗澡也是在盥洗室的小（或迷你）浴缸裏完成。對於日本人喜歡的泡澡／泡溫泉文化無緣體驗。

有一次去出差，事先訂了一間小旅館，旅館坐落在神保町書店街的一條巷子裏，六或七層樓吧，有點老舊了。我的房間在三樓，狹窄是意料之內，沒有浴室卻是意料之外。我到櫃台去問，答案是澡堂在頂樓，傍晚到午夜之間開放，隨時可以使用。

頂樓的澡堂比我想像的大很多，光是泡澡的池子就遠遠大過我的房間。那幾天是濕冷的氣候，每個晚上我都耗在那裏好一陣子，隔著氤氳水氣和大玻璃窗眺望遠處高樓上的霓虹招牌，一面洗盡我終日的疲勞。大概住房的人不多，或是作息時間不同，我從未遇到其他的住客，獨享了那個浴池。

後來，到東京以外的地方旅行，就面臨了得和陌生人同室裸裎的狀況，也才得以見識到大一點或氣氛良好的溫泉浴場。

與陌生人一起洗澡的尷尬，因為服過兵役所以免疫了。在浴場裏不太需要開口，有時在浴池裏泡著的時候免不了與人相對，只要眼光他顧或閉目養神，也就回復了自在。我沒有遇到像朋友詹桑說的，在池子裏有日本人和他搭訕，他當時日語還未流利，於是用英語回答，之後是一陣沉默，再過一會兒，池子裏的人都走光了。

如果是旅館，通常會有大的浴場，也常有SPA設備，甚至於藥浴甚麼的。一般民宿多半只備有同時可供幾個人使用的小澡堂，但也有精采的。有一回在北海道屈斜路湖邊住一處民宿，它的溫泉浴池的大片落地窗外是扶疏的花木，再過去則是遼闊的湖光和遠處的山色。

靠山吃山，靠水吃水。如果外面沒甚麼看頭，至少把浴場設備得雅致點。如果外面有美麗的山光水色，只要沒有走光之虞，多半會以落地窗或矮木板牆讓客人一面泡湯一面瀏覽風景。有一回到金澤南邊的山中溫泉，名為北陸的旅館浴池落地窗外是峭壁深谷，和九二一地震之前我們谷關的大飯店頗有異曲同工之妙。還有一次是在成田機場再過去的太平洋畔，旅館把探照燈打在浴池下方不斷拍岸的海潮上。

甚至於裏外一氣，讓浴客裸身徜徉在大自然裏的，這就是露天風呂啦。

有一年的九州之旅，在阿蘇山附近的長陽村，特別買門票到村設的公共浴池去，那裏除了室內浴池，外面還有一個大院子，院子中央是一個漩渦的ＳＰＡ池，散步或泡湯隨你便。

九州之旅也去了大分的湯布院溫泉區。落腳的民宿接近旅館的規模，有一個露天風呂場，浴池不大，呈不規則狀，池底也鋪了許多讓人不良於行的石頭，好像養觀賞魚的水池。這對人類而言是小了些，我想我在那兒走動的樣子一定很像電影裏的酷斯拉。

一次到本州東北山形縣的藏王，那裏是滑雪的勝地。我們是四月初去的，因為地處北方，積雪尚未消溶，冬季關閉的山路也還未開封。我們投宿的旅館很大，因歲月侵蝕而顯得破舊了，可卻有個二十四小時全天候開放的溫泉浴池。浴池有部分設在外頭，開扇玻璃門就出得去，露天池邊隔著一條小河的對岸是積雪的松林，林深而幽暗，很荒涼的景色。站立在那兒的短暫時刻，你會覺得像匹荒野的狼，在自由和解放之中帶著微微的孤獨與不安。

數年前和朋友去靜岡的沼津，那兒的朋友招呼我們到鄰近的御內胎溫泉泡湯。溫泉浴場的設備不錯，廣大的和式休息區擺了許多矮方桌，可供浴罷喝茶用餐。浴池也是大而多樣，其中自然也有露天風呂，露天的池子還有好幾個呢。這個浴場最大的號召是一邊泡湯一邊可以看到富士山，當地的朋友因為要上班，所以我們是晚上去的，甚麼景色都沒看到。臨走時我在入出口處看到入浴料，白天的價格是一千三百日圓，下午的稍後時段是一千日圓，晚上六點以後只要七百日圓。好風景果然是有價碼的。

有一種野外的溫泉，常在電視節目上看到，但這些大部分在人煙較少的地方。我唯一的野溫泉經驗倒是在風景區，就是前面提到的北海道屈斜路湖畔。在一片大草坪的邊緣，以木板大致將溫泉浴池圍成E字形，區分男女，開口向湖水。我們是和朋友一家同行的，女士們沒感興趣，兩個男人和一個小男孩前往一試。泡在池裏，觀望僅有數米之遙的湖水，微風輕襲，感覺著實不錯。可惜這野溫泉太燙了，令我們無法久留。

這次的野溫泉浴不夠道地，在接下來到知床半島的一兩天，我們開著車根據朋友的旅遊地圖，尋到一兩處野外溫泉，因為偏僻，看來似乎比較像野溫泉風呂的調調。沒甚麼太高的意願吧，我們並未一試。

台灣應該也有不少這樣的野溫泉，就我所知，台北附近的烏來、陽明山，高雄六龜附近，花蓮的天祥等等，都有。

近年來，泡溫泉的風潮似又流行起來，而且脫離了過去簡陋的方式，轉向精緻化的路線。

因為居住在台北盆地的南邊，地緣關係，偶爾會到烏來洗溫泉浴。高檔豪華的此處不論，有幾家溫泉浴場的設備和清潔水準甚為不錯，山光水色姣好，價格也可以接受。有的浴場，其浴池和SPA種類繁多，如果說見識，一次也夠了。仔細想來，好像熱水、冷水池各一，平常泡湯的基本配備也就齊了，何需多餘的花樣？

隨著泡湯的盛行，相關的真假溫泉以及清潔衛生等問題也產生了。洗溫泉固然令人心曠神怡，可也不能忽視它潛藏的危機。近讀北海道的蘋果樹寫的〈你泡的是真溫泉還是假溫泉？〉一文，不禁悚然而驚。看來以後泡溫泉之前，還真需要根據從專家書裏歸納的方法稍加留心辨認以確保健康呢。

旅行中與熟人不期而遇

雖然不是那麼常出國旅行，但近二十年累積下來，次數亦復不少。旅行次數多了，在旅次中與熟人不期而遇的情景，也跟著多了起來。

這裏所說的熟人，精確一點地說是互相都認得的人。有的還真的算熟，學長、同事、工作上有過從甚至同桌吃飯交談過的朋友；有的就很勉強了，也許從來未曾交談，只是彼此叫得出對方的名字或者僅僅知道對方是誰罷了。

I

我的經驗中，最常在旅行中與熟人不期而遇的地方是在機艙裏。通常是因為飛行時間長，得走動走動或上盥洗室，這當兒，你就遇上了熟人。

有一回在從歐洲回程的班機上，遇見近二十年前在同一個機構工作的同事。因為分屬不同單位，業務上也不相關聯，說是同事，其實從未說過話，大概就是在走廊上或樓梯、電梯口碰到，不小心眼神相遇了，只好微微頷首招呼這樣的程度。我和她在空廚外的小空間寒暄並交談了幾分鐘便辭窮了，於是各自回座。

和這位同事之前是陌生的，看來以後也還是陌生的，做了幾分鐘的熟人，純粹是因為在遙遠國度的雲層上罷了。

又有一回在往北美的班機上，遇見學生時代於劇場認識的朋友。這位後來並未繼續劇場活動的朋友，之前我倒是每隔若干年會巧遇她一次，而且好像都是在餐廳。這似乎解開了會在飛機裏遇到熟人的原因，餐廳一般只有幾十或者到上百名客人，用餐時間一、兩個小時，你若是曾經在餐廳遇見熟人，那麼在從國門啟程或返回國門的三、四百人的機艙裏待上這麼久，會與熟人不期而遇的機率應該可以理解才是。

比較特別的一次是幾年前從香港返國的機上。距離中正機場還有一段時間，我們前座的兩位旅客就開始整理行李了，看來像是回大陸省親的老兵。其中一位側身站起來時，我不禁愣了一下，是以前工作的公司大樓轉角處擺攤賣大煎餅（約一尺直徑圓麵餅，內夾紅豆泥、芝麻或花生粉，切成八塊分售）的伯伯，我午餐回來經過時，常常帶兩塊上樓，感覺上彼此滿熟悉的。

雖然有一段時間未見了，他還認得我，臉上展露笑容。因為他有語言障礙，所以未能交談甚麼，只是用他過去看到我的習慣，頻頻伸出大拇指。

「為什麼比大拇指？」一旁的太太問。

「老主顧嘛。」我回答。應該還有一點人與人之間的善意，我想。

機艙以外遇到熟人的機會也不少。第一次出國是到美國，同行有多位朋友，一起去了幾個城市，最後我一個人從紐約搭華航班機回來。班機三更半夜在阿拉斯加安克拉治換機組人員，乘客得離艙到過境室去待兩個小時。我就在那兒遇見多年不見的學長，服務政府機關的他剛在紐約考察結束要回家。

愉快的聊天使兩小時轉瞬即過，再次登機的廣播響起時，我們一起跟著人群走向空橋，學長突然停住腳步說：「再見囉。」看到我不解的眼神，他微笑地加了一句：「我往那邊。」

那邊是商務艙。

2

商務艙還有另外一個故事。二十年前我與同事一起到中國出差，回程在香港轉機。飛台北的飛機臨升空前出了點故障，緊急停下來，過了約一個小時故障仍然未能排除，最後是換飛機。

通常下機時經濟艙只開一個艙口，但在頭等和商務艙的乘客下完機之後，商務艙的艙口也會成為經濟艙乘客的另一個出口。我們背著隨身行李走進商務艙的走道時，隊伍停了下來，想必是機坪上的接駁巴士滿了，得等一會兒。隨身行李有些重，我和同事就先在座椅上坐下。隊伍慢慢又往前移動時，我們也不急著起身。然後就遇見了一位見過多次面的電影學者，寒暄介紹後，各自前行。

幾個月還是半年以後，從別的朋友那兒聽到一個關於我們公司很富有的說法，因為我們出差是坐商務艙。眼見為信，我們樂於接受這個謠傳。

3

有兩次旅行的不期而遇，前後經過看起來倒很像小說情節。

許多年前的夏天，我們第一次全家到國外旅行，目的地是歐洲。出發前兩個月，頂頭上司在我事先未覺下離職了，接著一位熟識的同僚A君也準備辭職。這個時候心裏難免七上八下，但旅行的種種都安排好了，老闆也說過一切照舊（馬照跑舞照跳囉），於是啟程。臨出發前一天，我勸A君暫時不要走。

空間的距離很快地讓我把公司的事置諸腦後。在歐洲過了愉悅的兩星期，直到回程的飛機接近香港，我才又忐忑起來。在香港停留的兩天，就在百貨公司與B君不期而遇，我和B君不很熟，但他是A君的熟朋友。我迫不及待地問起A君的事，他說前兩天才在我們公司樓下和A君吃過飯，我安下心來，旅行劃上一個完美的句點。

這件事有一個好笑的尾巴。世事難料，旅行回來後一個多月，事情急轉直下，倒是我先離職了。

另外一次是在香港候機時，不期而遇多年的熟朋友。他說是來度假的，也是候機回台北，班機比我這班早一個小時。聊了一會兒，他就告別了。

過了一陣子，百無聊賴的我就在候機大廳逛。逛著逛著，無意間又看到那位朋友，他正往出境門行去，身旁是一位看起來與他同行的女子。我見過他太太，而這位顯然不是。

我是不是看到不該看到的祕密了呢？

犬吠埼，成田之東

成田機場往東直到海邊有一個名叫犬吠埼的地方，地屬千葉縣銚子市，是日本關東地區最東的陸地，面臨太平洋的海岸線既有斷崖絕壁，又有較和緩的砂石灘，極富變化，據說景色十分優美。我們的旅行家朋友王桑老早就向我推薦了，她建議我作房總半島之遊。行程就從犬吠埼開始，然後沿著太平洋岸，經九十九里濱、勝浦、鴨川，再繞過半島南端的千倉、館山，到東京灣岸的木更津、千葉。

我很認真地考慮房總半島之行，還買了旅遊書閱讀一番，大致按王桑走過的行程，略加調整，擬了自己的計畫。可到了假期旅行時，又有了其他的選擇。這時候我就想，房總半島就在成田機場所在附近，距東京也不遠，去的機會應該比較容易，下回再說吧。

就這樣，房總半島之遊擱了淺，迄今尚未成行。只有偶然的一個空檔，去成了犬吠埼。

有一年的秋天，我們和一群朋友到東京和它的周邊去玩。因為決定得晚，班機無法如願安排，我們夫妻要比大夥兒慢一天回來。一天不能跑太遠，我想到了犬吠埼。

離開飯店前，依據旅遊雜誌的訊息，打電話訂旅館，很順利，第一通就ＯＫ。我們跟著當天要回台灣的朋友們一起搭遊覽車到機場，主要是把行李存在寄物處，這樣才能僅僅帶一只背包作輕鬆一日遊。

從機場搭京成電鐵到成田市，出站換乘ＪＲ成田線到終點站銚子。這裏不必出站，逕直接銚子電鐵。

銚子電鐵是地方性的鐵路，以一個圓弧形之姿從銚子市內劃到犬吠埼的外川，全長只有六點四公里，單線軌道。電車行駛於銚子的田野和聚落之間，由於路基不寬，當它穿越聚落時，彷如行走在人家的後院，樹枝幾乎伸手可及。車行不到二十分鐘即達犬吠埼站。

大概不是旅遊季節也不是周末假期，加上我們抵達的時候已然黃昏，出了犬吠埼站竟有些許荒涼之感。按照先前的約定撥了通電話，旅館人員開車來接。

車子在小而寂寥的道路上繞行僅只幾分鐘，隨著潮聲，海岸嶙峋的輪廓在薄暮裏映入我們的眼簾。景色優美之外，還帶了點氣勢。

我們投宿旅館的每間客房都面向海洋，而且海水就近在咫尺，旅館打了探照燈，住客可以近觀海水拍岸，因為這段海岸是平緩沙岩，濤聲倒也不大，像是海水與陸地的細語這樣子的程度吧。

旅館的溫泉浴池設在一樓，由室內通到室外，泡在溫泉裏，在大自然的涼風吹拂下，除了海水、星空，你還可以看到遠處燈塔放射的道道光芒在夜空裏迴轉。

第二天起了個早，我們沿著海邊的步道往燈塔的方向行去。一路上不見其他遊客的蹤影，只有陣陣襲來的晨風與潮聲伴隨。不到一公里的距離，從一段石梯拾級而上，是一塊寬敞的平台，犬吠埼燈塔就在最靠近海水的岬角上。

犬吠埼燈塔建於明治七年（一八七四年），出自英國技師里察・亨利・布蘭登之手，以日本最初的西洋式燈塔著稱。白色的塔身高約三十二公尺，資料上說九十九階的螺旋梯上去可達展望台。我們來得太早，燈塔尚未開放，無緣一登這棟犬吠埼著名的地標，但站在燈塔邊高高的岬角上俯瞰眼前太平洋，海水以廣角之幅伸向遙遠天際，心情亦自遼闊。

回到旅館，在陽光燦爛的臨海榻榻米房間用完早膳後，再次搭乘銚子電鐵，告別犬吠埼和它的海岸風光。

一個秋天的晚上，還有一個清晨，這就是我們在犬吠埼的短暫行旅。

我後來看到一篇關於銚子電鐵和犬吠埼站的報導，很有意思。創設於一九二〇年代中的銚子電鐵這麼些年來入不敷出，隨時都可能廢線。十幾年前，他們開始在犬吠埼車站賣醬油煎餅（senbei），因為是手工，也沒甚麼經驗，一天賣五百片大致是極限了，並未抱太大期望。沒想到反應出乎意料的熱烈，外地商家和百貨公司的訂單紛至沓來。包括駕駛和維修在內的員工都跳下去，利用工餘時間加入烘焙煎餅的行列。

這個為了鐵路能繼續維持下去的「煎餅行動」，演變到最後是成立一個工廠，日產一萬五千片醬油煎餅，年收入是鐵路收入的兩倍，公司轉虧為盈。

那年秋天我們出入犬吠埼車站時，雖然看到販賣店，但未特別注意在賣甚麼。倘若我事先知道有這段救亡圖存的煎餅傳奇，應當是會購來一試的吧。

兩個小火車站的故事

讀到兩則報導，是兩個小小鐵路車站的故事，有趣的是這兩個車站都和日本的推理小說大師松本清張的作品有關。

九州福岡市東區的西鐵香椎站，由於高架工程的緣故，舊車站在二〇〇六年五月十三日這天成為最後的營業日。香椎站是松本清張代表作之一《點與線》的一個主要場景。女性被害者和兇手在這個車站下車。《點與線》曾經在一九五八年搬上大銀幕（小林恒夫導演）。

松本清張的故鄉在小倉（六〇年代與門司、八幡等幾個市合併成北九州市，在福岡市東方，同屬福岡縣），以此為據點的「清張之會」會員便在當天聚集在香椎站，攝影留念後，又按照小說角色的行經路線，從車站走到海邊。

另一篇讀到的報導則是位於裏日本的島根縣北邊奧出雲町名叫龜嵩的小站。這是松本清張六〇年代的另一代表作《砂之器》裏的情節關鍵性地點，是主角和父親流浪的終點，也是更大悲劇的起點。

報導說在這偏僻的小站下車的幾乎全是慕名而來的觀光客。這難怪，《砂之器》小說大紅之後，一九七四年拍成電影（野村芳太郎導演）也大為賣座，前幾年又拍成電視劇集（中居正廣、渡邊謙主演），聲名從來不墜。

也許這站太小，龜嵩站在一九七一年就委外經營，兩年後開始在車站裏經營蕎麥麵店。站長夫妻除了車站事務而外，更重要的事就是和麵桿麵了。如今的站長已是第二代。站裏面貼著《砂之器》電影和電視劇的相關海報照片，你可以邊吃麵邊隔著玻璃窗看著月台，不怕火車跑掉。但相信吃麵的人都不是等車的，他們來光顧是衝著這特別的情調。

其實電影裏的龜嵩站場景是在附近的另一個小站拍攝的，但又如何呢，這裏就叫龜嵩呀。當地人士還立了《砂之器》紀念碑。地方出名，觀光客多了，自然就有了商機。

龜嵩的特產是算盤（小說裏也有提到，其中一位關係人就是算盤公司的老闆），一九七〇年代是高峰，一九七七年奧出雲町年產量在六十萬到七十萬個之間，如今年產量只剩五萬個，但營業額仍占全日本的七成。電子計算機普及的今天，五萬個算盤八成是紀念品吧。

算盤是傳統產業，小說和電影爆紅之後，當地還發展了砂浴，盛砂的浴缸自然叫「砂之器」。最妙的是當地生產的酒了，觀光客趨之若鶩，你猜賣得最好的酒的品牌叫甚麼？

答對了，「砂之器」。

網走監獄T恤

出門旅行時最常買回來的東西是書、糖果和T恤。書自己看，糖果和T恤自用和送人都可以。糖果有時限，一回來就趕緊處理，T恤沒有時效問題，回來那幾天沒送人，自己也沒甚麼機會穿，隨著日子的消逝，放在櫃子的角落，忘了它的存在，真的就變成紀念品了。

馬可孛羅出版社辦周年紀念的讀者活動，希望我能提供旅行時的紀念品，想了一下，記得上個月才瞄到過一件T恤，認真去找的結果出乎我的意料，居然有六件之多。

最特別的這件是「網走監獄」T恤。有一年夏天，我們和朋友一起租車繞了日本北海道東邊一圈，從知床半島往回走就來到了網走。網走是臨鄂霍次克海的一個港市，我們無緣體驗冬季的流冰船出海之旅，從而尋找大大小小的鄉土博物館參觀，網走監獄博物館便是其中極負盛名（惡名昭彰）的一處景點。

這座位於苦寒之地的監獄始建於一八九〇年，曾有多年是政治犯和重刑犯的主要拘禁地，一九八〇年代改建成鋼筋水泥建築，原來木造時代的設施遷移重築成為博物館開放參觀。我看過幾部以此處為背景的電影，到得現場，空無一人的囚房相形之下雖不那麼悲慘，但也不免在想像中增添幾許恐怖。

臨走，經過紀念品櫃台時，買了兩件T恤。旅行回來，其中一件送給了朋友S先生當時還在讀高中的兒子。

為什麼記得這件事？因為那之後我有事找S先生，當我們坐在他們家客廳談話的時候，一旁響起口哨的聲音，原來是S先生的兒子，他抬起下巴斜斜看我一眼，又瞄一下他身上的T恤，然後就消失在我們眼前。真是調皮又貼心的少年啊。

T恤是白色的，上面是大大的英文字「APM」以及小小的漢字「網走監獄」。當然，它一點都不像囚衣。

與作家T恤的邂逅

有一類的T恤，特別引起我的興趣，那是關於作家的T恤。

第一次到美國，一位作家朋友的特意安排，我們從舊金山南下，拜訪了史坦貝克的家鄉撒林納斯。用完了朋友預訂了在史坦貝克故居的午餐，然後到史坦貝克紀念館參觀。這紀念館看來是當地的社區圖書館，裏面有一個房間特別展示史坦貝克相關的文物、原版書，《憤怒的葡萄》、《小紅馬》、《伊甸園東》等名著小說改編成的電影海報等等。特展室的一隅販售著少少的幾樣紀念品，其中包括了T恤。T恤我看到的只有一種，是小孩size的，白色衣料上胸前印著兩行藍色的手寫體字：I'm a friend of Steinbeck。那是我買的第一件作家T恤，「我是史坦貝克的朋友」成為小兒子的禮物。

有一回，朋友從美國旅行回來，送了我一件連鎖書店Barnes & Noble製售的T恤，雖然書店的名字印得很大、作家的名字印得很小，但胸前那人，一頭商標捲髮，一眼就可以看出是以《第五號屠宰場》名世的馮內果。這件灰色的、質地厚實的T恤，滿令人喜歡，因為size大，看來適合穿在長襯衫外面。但我很少穿，十年之間大概穿不到幾次吧。後來認識一位年輕的寫作者，對馮內果的作品很有認識。我想起了櫃子裏的那件T恤，在他不介意下送給了他。

二〇〇七年冬天的日本東京之旅，去看了江戶博物館的「文豪・夏目漱石」特展，出口處賣了許多與夏目漱石相關的紀念品，其中就包括了幾款T恤。

夏目漱石留學英國，也喜歡繪畫，對書的美術設計、插畫等很有自己的想法，他邀請幾位當時的畫家為他的書繪製插圖和設計封面。分成三冊出版的《吾輩是貓》為日本當時的圖書出版提升了規格。

紀念品多以漱石的名作《吾輩是貓》為主題。T恤黑色的那款，正面是一九〇七年初版《吾輩是貓》下冊的封面圖案，背面則是初版的上冊前兩頁內容。淺土色那款只有正面有圖案，是初版《吾輩是貓》下冊的扉頁插圖。

T恤而外，有一些文件夾和小疊印有羅馬字拼音的夏目漱石稿紙等文具，都印有貓的圖案。還有一個我看了一陣子才看出來的令人莞爾的東西，是夏目漱石式的鬍子。

我當然沒買夏目漱石的鬍子。

像這樣的作家T恤，我估計流行都不會太廣，尤其是夏目漱石，似乎只是那次特展的產品，相信數目也有限，或許馮內果T恤會好些，畢竟那是美國最大連鎖書店的產品。

我印象裏最普及的作家T恤是關於卡夫卡的。十幾年前，我們到東歐旅行，在詩人哈維爾當總統的捷克首府布拉格待了三天，逛黃金巷的時候，我就已經買了卡夫卡的T恤，後來在其他遊客出現的地方，特別是機場的候機大廳，看到到處都在賣卡夫卡的T恤。那一刻我覺得卡夫卡真是太偉大了，他的身後除了文學聲名不說，還替捷克拚觀光拚經濟呢。

卡夫卡T恤的圖案帶著情節性，有一種故事還在進行的感覺。

相對於「我愛NY」等T恤或者NBA、MLB等球衣，作家T恤在流行和普及的程度上是遠遠不及的，所以我從未在街頭和穿作家T恤的人相遇。

風雪狂草

「啊，下雪了。」

計程車剛開上溫泉區的入口附近，便看到雪片緩緩飄落，我不禁輕呼起來。我們四個人的東北之旅是當天從東京啟程的，出發時遲了，來到福島市已經是薄暮時分，錯過了開往市郊溫泉區的最後一班客運巴士，只得搭計程車上山。

抵達預定的「鳳舞山」民宿，雨雪似乎停了。進了房間，放好行李後，民宿主人問我，晚餐已經備妥，是不是先用晚餐呢？剛才在櫃台登記時，已經看到許多客人都在用餐了，我們要是循例先泡溫泉，的確會拖得太晚，便順應了主人的建議。

餐廳不算頂大，但客人陸續食畢離去，就顯得寬敞了。我們被安排在面對馬路的一面大玻璃窗前，小火鍋剛煮開的時候，黑暗的外面，雪又開始落了，這回下得密些，剛才在計程車上看到的應該只是序曲。

不一會，突然狂風大作，捲起層層雪花，以高力度甩脫，時而讓風刮到窗上，時而遠颺，隨又捲土重來。風雪越來越急，淋漓揮灑，舞得彷如以黑夜為紙白雪為墨的書法狂草，而大自然就是那神龍不見首尾的書家了。

如此近一個小時之後，方才風止雪歇，在窗內來自南國的我們如癡如醉之際，結束了這一場風雪秀。餐前黑暗的街道此刻已為白雪覆蓋，而對街婆娑的樹木也彷彿裹上了密實的糖霜。

第二天早晨，晴朗的天空高懸，溫泉區樹上的糖霜已然溶化，白色的木板和玻璃也閃爍著陽光，惟有道路的泥濘與殘雪見證昨日的風雪激狂。

詢問民宿主人半田先生客運巴士的時刻表，這位五十多歲方臉短鬚的漢子說，他有點事要進市內，可以順便載我們下山。這「順便」非常豐富，汽車首先載我們往上走，到溫泉區最上面的停車場，讓我們眺望吾妻山的連峰和四野的風光，之後才又原路往下走。下了山，半田桑彎到一處鄉土藝術區，領著我們參觀幾個諸如製瓶製人偶的手工藝教室，看廣場上露天市集裏的蔬果，並請我們吃蔬菜冰淇淋，最後是參觀重建的江戶時代各式民居戲院等建築物組成的民俗村，入場券也是他掏腰包。

路上和半田桑聊天，他告訴我「鳳舞山」要拆了，因為政府單位要在那個地方建一座堤壩。以後呢？他說他可以在附近挑一處地點重建民宿，但他又想與朋友一起買地設一座農場，收留從學校中輟的少年。何去何從，這些日子正在反覆思考。

時近中午，我們才與這位熱情的民宿主人在福島火車站揮手道別。

這是二〇〇〇年四月初到日本旅行的往事了。二〇一一年三月十一日東日本大地震海嘯引發福島核電災害後，我幾次想起在「鳳舞山」那晚的景象。我們得以觀賞風雪狂草是緣於建物的屏蔽，然而大自然有嚴峻難測的時候，我們可得謹慎面對。

不知半田桑後來做了甚麼決定？但不管怎樣選擇，只要在福島，總會被核災波及的吧，不知他災後如何？但願他運氣夠好。

大高森旅館往事

我們住大高森的旅館是因為到松島旅遊，這是二〇〇〇年四月初的事。從仙台市搭仙石線火車，不需一個小時，抵達日本三景之一的松島。我們把行李寄存在觀光案內所，空手覽勝，內容不外遊船走寺望海觀林，傍晚時分，又從松島海岸站短程搭到野蒜站，打電話給旅館，來了部小型車，載我們和行李到大高森的旅館。

大高森在奧松島，是松島灣靠太平洋的另一頭，遊客遠不能和下午我們遊覽的松島海岸相比。忘了為什麼訂這家旅館，不過那些年的幾次旅行，宿泊地都是從旅遊雜誌後面附帶介紹密密麻麻的飯店、旅館或者民宿裏根據地點與價位找來的，旅館民宿只有基本資料，沒有照片，頂多註明一二特色，滿意與否多少得靠點運氣，這也是我們旅行的樂趣之一。

運氣很好，雖然不是新旅館，但和室非常寬敞，三樓還有一個大廣間，顯然是供集體宴會使用。旅館坐落在海灣邊緣，男女浴室窗外就是松島特有的美景。

或許是星期一的緣故，整個三層樓的旅館只有我們四個客人。到車站接我們的就是老闆櫻井先生，在櫃台登記時，初老年紀的他告訴我們，他到過台灣，那是他僅有一回的海外旅行。他在台灣有一位朋友，姓陳。這說明了門口白條板上的字，大門邊一排五、六個直條的活動白板，只有一個寫著「歡迎陳樣一行」。我們未曾有過這樣的經驗，因為那多半是為大到搭遊覽車來的團體準備的，而我們只區區幾個人，另一個原因是我們用電話預訂時，對方多只知道發音，不知漢字怎麼寫。

第二天起早，旅館人員建議我們登旅館前不多遠的大高森山，標高一百零六公尺，是松島灣周圍四處最佳觀景點之一。我們沿步道盤旋而上，不多時就到了山頂平台，眺望松島灣，果然又是另一番風景。回到旅館，早餐安排在大廣間，面對美景的窗邊。

離開旅館，櫻井先生先載我們到附近的名勝嵯峨溪、野蒜築港舊址、繩文村歷史資料館等處巡遊，接著駛往火車站。途中，他突然停下車說：「我送你們到牡鹿半島。」

牡鹿半島是我們的下一站，櫻井先生在早上結帳時曾經問過我。

「可以嗎？」我們要到半島尾部的鮎川港，那是五、六十公里以外的地方吧，按原計畫，我們要繼續搭火車到終點石卷市，再轉乘巴士才能到達。

「沒問題。」他笑著回答。

於是承受了主人的好意，汽車沿石卷灣岸往牡鹿半島蜿蜒而去。中途還讓我們看了十七世紀初東北大藩伊達政宗的家臣支倉常長率領遣歐使節團出發橫渡太平洋的起點月之浦，以及近年重造當時的帆船「聖璜包蒂斯達」號，新的「聖璜包蒂斯達」號裏面已經成為博物館，可惜遇到例休，不得其門而入。

過午才抵達鮎川港附近我們的宿泊地公營休憩村。櫻井家是做美食的，他很客氣，只讓我們請了一碗拉麵，隨即在我們滿懷感謝中道別。

支倉常長的使節團到了西班牙，覲見了國王菲律普三世；也到了羅馬，覲見了教皇，但他所奉的通商任務卻因江戶幕府對基督教徒的彈壓而不果，在滯留了七年之後返國。此時的日本已發布了禁教令，支倉常長兩年後於失意中逝去。

已故日本作家遠藤周作一九八〇年的小說《武士》寫的就是支倉常長的事跡與掙扎。《武士》中文版的譯者林水福教授是日本東北大學的博士，東北大學的所在地正是伊達政宗的大本營仙台。

在平戶

平戶是位在長崎縣北邊的一個大島，一衣帶水與九州本土相傍。我們早上八點半從福岡搭西鐵巴士，沿北邊海岸過來，在伊萬里轉松浦鐵道火車，到號稱日本本土最西端的火車站田平平戶口下車，再轉巴士，渡過六百六十五公尺的平戶大橋，未久即穿過寧靜的市街抵達終點站平戶棧橋，時已過午。

這一帶位於南北長形島嶼的東北邊，有許多古蹟名勝匯聚。棧橋附近就是十七世紀荷蘭人開設商館之處，設立當時面臨競爭對手葡萄牙人和中國人之故，商館帶有濃厚軍事戰略據點的意味。各國商館後來因為幕府鎖國政策而遭摧毀，如今只能看到一些殘跡。

我們按圖尋訪，在海邊的荷蘭碼頭、倉庫遺址駐足一會，然後沿著依山而建的荷蘭石牆邊拾級而上。山上是崎方公園，聖方濟各沙勿略（St Francis Xavier，一五〇六～一五五二）紀念碑和三浦按針（William Adams，一五六四～一六二〇）夫婦塚都建造在那裏。

沙勿略是最早到日本傳教的耶穌會教士，但他在日本的時間並不太久，一心想到中國去的他，計畫遂行未果，因瘧疾死於廣東南方的小島。紀念碑建於沙勿略來平戶四百年後的一九四九年。

那個時代每一個到海外的人幾乎都是一則傳奇。沙勿略還到過印度臥亞、馬六甲等地，看起來是傳教士兼冒險家。三浦按針則是英國的水手，加入五艘船隻組成的荷蘭船隊前往日本，途中九死一生，只有他擔任航海長的那艘船漂流到現今九州大分一帶，經日人援手，得以上岸。當時正是西歐各國紛紛來日通商之際，三浦按針後來被招至江戶，頗受德川家康垂詢西歐各國情勢，以作判斷，可說是德川家康的外交顧問。同船到日本的船員都獲許還鄉，只有三浦按針因為深獲德川家康的優遇，反而未能如願，家康賜俸祿給三浦按針，並安排他娶御用商人之女阿雪為妻。三浦懂得造船，家康因之命他在伊豆半島的伊東先後造了兩艘西式帆船。家康死後，政策有變，三浦按針未能見容於二代將軍秀忠，移往平戶，在平戶鬱抑以終。

我第一次知道三浦按針是前些年在伊東港邊，他當年在那裏造船之處的紀念牌上說明了他的事跡，沒想到平戶是他離世之處。夫婦塚其實未必有三浦的骨骸，因為禁教後他埋骨的英國人墓地也遭摧毀，三浦誕生後四百年的一九六四年築建夫婦塚時，是從崎方公園附近「傳說」的三浦按針墓裏挖掘出部分遺骨，加上三浦妻子墓邊的三顆小石子而成。這裏說的三浦妻子並非阿雪，乃 William Adams 年輕時在英國娶的妻子。

當然不會忘記鄭成功誕生在平戶，鄭氏的一生不只是一則傳奇，且是一段與我們台灣息息相關的歷史。在第二天前往平戶島的南方時經過鄭氏誕生地川內浦，那是處靜謐的小漁港，有一座小小的鄭成功廟，是從台南的延平郡王祠分靈而建的。我們未曾前往，想著到台南時再度參拜延平郡王祠來彌補遺憾。

我們的長崎旅行計畫，原先主要是放在佐世保和長崎市，後來因為長崎市旅館訂房不順，必須慢一天進入這座城市，所以由北而南，先在平戶過一晚。一個平凡的小鎮，或許一宿夠了，但對東西方交會的歷史之城而言，便感到錯失了許多。

歷史之流浩瀚，錯失交臂無有盡時，終究我只是亂走一場。崎方公園後方有一處櫻木環繞的小小棒球場，我們走過時，十一月的雲陰下舉目無人，一片蕭索，我腦海裏卻不期然融出了春天櫻花漫爛之際，兒童球戲、家人樹下野餐的景象，空氣裏流蕩著歡快的童語喧嚷。

在平戶，或也可以在其他地方。

在信濃大町

我們從東京新宿搭上火車，正午時分抵達信濃大町。那是世紀初年六月下旬的某日，天光下已有初夏的氣溫和景致。

信濃是日本古國，位於現今長野縣中部一帶，是戰國大名武田信玄和上杉謙信爭戰之地。早上搭乘的列車從南而來，經過的甲府、諏訪，就是昔日武田的領地。地名會提醒曾經讀到過的甚麼，我想到的是新田次郎，這位氣象專家以山岳小說和歷史小說知名，他是諏訪人，以家鄉為背景孕育出的小說《武田信玄》，因改編成ＮＨＫ大河劇而更加聲名大噪。

另外一個悲劇是以「信濃」命名的戰艦，它和「大和」、「武藏」是同級的超級戰艦，後來因應新情勢而改建成航空母艦，二戰末期勉強竣工，才一出航，即被美軍潛艦盯上，不到二十四小時即遭擊沉，一架飛機都還沒能起飛。

歷史裏的愛恨情仇、戰爭喧囂已然遠去，實際上窗外是一片翠綠山林，市鎮之外，十足鄉野風光。我們不是特地來尋訪古蹟的，看看小說、讀讀戰紀就夠了，何況「信濃號」除了名字，和當地沒甚麼連結吧。我們的旅程是往黑部立山，而信濃大町是這串勝景的北邊玄關。

信濃大町名字氣派，實際卻比我想像的小，吃了不太怎樣的拉麵後，信步在小鎮街道閒逛，問了人，建議我們去參觀「鹽道博物館」。這個位居內陸的地區不產鹽、海產，昔時得從北邊日本海那兒用人力獸力運搬過來，這邊則將山產、木材等運過去，信濃大町因是這條名為千國街道的鹽道重鎮而繁榮一時。如今運輸工具發達，鹽道景況自然不再，從博物館倒可以一窺昔日搬運工具和生活景象。

看到鹽道的北端，是臨日本海的新潟縣糸魚川市時，「月光之東」四個字立即從腦海裏跳出來。二、三年前才看過宮本輝的小說《月光之東》，記憶猶新。小說由許多人的視點與敘述，拼湊出女主角塔屋米花淒美如謎的一生。她隨著父母從童年的糸魚川搬到信濃大町，旋又遷徙多處，浪跡天涯。中年的杉井試圖找尋少年時代的初戀情人，他仍記得孤獨寂寞的少女米花在糸魚川家前石橋邊向他呼喚「到月光之東來找我」的景象。「月光之東」到底是甚麼？小說裏呈現了具象與抽象的可能，那或許是值得一生追求以及記憶的珍寶。

傍晚時分，我們搭乘沿古鹽道修建的大糸線鐵路，不是到糸魚川，我規畫旅程的時候完全沒有想到它，我們只是到往北兩個小站的木崎湖，前往事先訂好的民宿過一晚，然後第二天上山。

結果黑部立山行是場災難，我們去的時候是雨季，在無軌電車、地下索道、空中索道、纜車等各種交通工具之間，有一段黑部大壩上的徒步，那段不長的路上，狂風暴雨幾乎把我們全身淋透了。到了最高點，要到訂好的民宿還有三十分鐘的山路，而大雨不止。覺得危險，太太和兩個孩子都拒絕前往，我只好打電話取消，搭巴士往富山方面下山。

在慘澹的旅行之後，信濃大町對我比較大的意義，終究還是閱讀上的座標。

去舞鶴未果

二〇一三年三、四月之交，和幾個朋友一起遊了一趟京都。

上一回遊京都是十幾年前的事了，美好印象還存在記憶裏，但這回同行的朋友都是第一次，所以挑了櫻花季節。這不是好的選擇，雖然事先知道這時候的京都是日本國內外遊客的熱門目標，但沒想到一切超出想像，幾處知名寺院勝景，頭顱與粉櫻相映，人潮擁擠，幾乎寸步難行。大家都要來京都賞花，也只能得此必然結果了。

我原先計畫的旅程裏有兩天一夜的舞鶴行，因為它從京都前去不甚遠，火車可達。

舞鶴位在日本海側，是舊日本海軍的要港，有一些海軍學校和設施。二次大戰後，這裏是日本到中國和朝鮮的軍民回國的指定港口，在中國東北遭蘇聯俘虜到西伯利亞集中營的日本軍人，後來得以回國時也在此處上陸。當地建立了「舞鶴引揚紀念館」，展示相關的文獻資料。

想去舞鶴看看還有兩起閱讀上的蠱惑。一是鏑木蓮的推理小說《東京歸鄉》，內容是從西伯利亞戰俘集中營到歸鄉多年後的幾起相關連的怵慄謀殺，舞鶴自然是重要的場景。

另外一部則是宮本輝的書信體小說《錦繡》。男主人翁有馬靖明國中二年級時因父母雙亡，由親戚從大阪帶到舞鶴收養，和同班同學瀨尾由加子有段無猜的回憶。多年後，已婚的有馬出差到舞鶴時想起了由加子，重逢開啟了一段婚外情……

宮本輝在《錦繡》和另一部小說《月光之東》裏都分別敘述了成年男

子對少年時代無視貧窮、無視他人眼光的清純愛情的眷戀。由加子家是個小香菸舖，我想到《錦繡》時，總想起有馬穿過曬魚工廠林立因而腥味撲鼻的街道前往由加子家的景象。

山明水秀不一定是旅行的至上選擇。我沒期望舞鶴是多麼美麗的地方，《東京歸鄉》和《錦繡》裏，舞鶴給人的氛圍都是陰鬱的，宮本輝在《錦繡》裏透過男主人翁就這樣形容：「東舞鶴在京都北端，是個瀕臨日本海的安詳小鎮，冬天下雪、夏天濕熱，其他季節幾乎成日濃雲密布，海風夾塵，遊客稀少。」

不知甚麼原因，「遊客稀少的舞鶴」在我預計前往的那晚，適合的旅館民宿都滿了，其他日子又不好挪，最終只有放棄，以待來日。

京都太擠了，有點敗興，但只要離開了京都，我們安排的次要地點就好多了，大津、奈良和大阪撐起了這趟旅行比較美好的部分。

行程由關西機場進出，最後一天的早上，我們在大阪中之島邊的堂島川乘船遊河賞櫻。大阪與其縱橫的河川是宮本輝文學的原點，我很難不想到《泥之河》，影像是小栗康平改編的電影。遊河中我也從河渠的遠處看到了大阪城，旅行歸來不久，我在大銀幕重看了小津安二郎的《東京物語》，恰恰看到了一個相同角度的大阪城空鏡。

《泥之河》與《東京物語》都是黑白片，黑白影像或許適合像我這樣的人的記憶。

輯三

尋找小津

I

高聳的大廈、櫛比鱗次的房屋、擁擠的交通、喧囂的市聲、行色匆匆的人群……這是德國電影導演文・溫德斯（Wim Wenders）一九八五年作品《尋找小津》（*Tokyo-Ga*）開頭時的一些片段。

熱愛他的前輩小津安二郎（一九〇三～一九六三）的溫德斯，當然感覺到了八〇年代中葉的東京，與他從小津電影中感受到的安謐寧靜的影像是多麼的不同。畢竟那是四、五〇年代以及六〇年代初期的東京，畢竟那是小津獨特的世界。

當然，溫德斯還是找到了一些小津的世界。在影片進行的稍後，溫德斯拍了一些小津電影裏的經典過場鏡頭。是T字形的東京後街巷弄，行人從遠處巷口的一邊入鏡，然後消失在另一邊，背景響著聽起來熟悉的西洋音樂……

之後，就是關於厚田雄春（一九〇四～一九九二）的訪談了。厚田雄春是小津電影的長期夥伴，擔任攝影指導。

厚田提到小津曾告訴他：要做看門狗，就做大戶人家的看門狗吧……。有幾次，面對鏡頭的厚田感傷落淚。

這是我能記得的關於《尋找小津》的梗概，畢竟，從金馬電影展看到這部電影至今已超過二十年了。

溫德斯想必十分看重與厚田雄春的友誼，他在一九九四年出版的攝影集《一次》（*Einmal, Bilder und Geschichten*，中文繁體字版二〇〇五由田園城市文化公司出版），最前面就是一九九一年拍的厚田雄春的照片，以這本書紀念他。

2

我和朋友們熱心觀看小津的電影作品是在八〇年代初，當時拜錄影帶普及之賜，能找到的小津作品大概都看了。《晚春》、《彼岸花》、《早安》、《浮草》、《秋日和》……當然還有《東京物語》和《秋刀魚之味》。有一個時期，我擁有一卷《秋刀魚之味》的錄影帶，一方面是方便，一方面是喜歡，居然看了四、五遍。

小津的電影多半聚焦於家庭生活，或是女兒出閣、子女離家，或是舊日不再、親人辭世等等……在溫馨中帶些淡淡的哀愁，有時也不乏一些幽默感（我在一本書裏讀到他早年編劇時期，常為一些電影編寫好笑的橋段）。他的電影情節不是很富戲劇性，緩慢進行，孳生氣氛，很能使人共嗚，且在心裏感受到絲微生命中的悠遠和無奈之思。這大概是它能被許多觀眾接受且由衷欣賞的緣故吧。

3

八〇年代末，我第一次到東京，當然，除了巷弄裏某些情景會勾起聯想以外，那是完全迥異於小津的電影世界。歲月流逝如斯，一個時代一個時代過去，有些東西一去不復回那是最自然不過之事。

在這一星期差旅的某一天晚上，我居然在新宿的街頭聽到十分熟悉的旋律，那正是《東京物語》和《秋刀魚之味》都出現過的〈軍艦行進曲〉。《東京物語》裏，笠智眾飾演來東京探望兒孫的老先生平山，他趁便與老友約在酒館會晤，當他們喝得酩酊，談著他們在戰爭期間失去的兒子時，背景音樂就是〈軍艦行進曲〉。在《秋刀魚之味》裏，也是笠智眾飾演的會社高級職員平山（兩部電影不同的角色用同一個姓氏），戰時是驅逐艦「朝風號」艦長，他在中學老師（東野英治郎飾）開的麵店巧遇昔日艦上的水兵（加東大介飾），水兵邀他就近到家裏坐坐，接著到附近酒館喝酒，水兵要老闆娘放〈軍艦行進曲〉，然後口裏合著旋律一面在酒館繞圈子行進，一面向昔日長官行舉手禮，最後是平山和老闆娘都跟著旋律行舉手禮……

我尋聲找到歌曲旋律的源頭，竟是一間大型的柏青哥店。我後來才得知，這首舊日帝國的榮光，俗稱〈軍艦March〉的歌曲，已成為柏青哥店振奮精神的主打曲子。

4

小津電影也不是Ogisan輩的專利。

前些年認識的一位年輕作家，同時也是影像工作者的李志薔，他也很喜歡小津的電影。我偶然在他的新聞台上讀到他的一篇散文〈秋刀魚之味〉(後來他自己改拍成電視電影《秋宜的婚事》),是將他對家人的情感和觀看小津電影的回憶等交織書寫,氛圍滿小津的,心靈物景交融,文字很是動人。

物語家族

二〇一三年四月，在電影院看了小津安二郎的經典作《東京物語》和山田洋次向小津致敬的《東京家族》。

《東京物語》大約是三十年前家用錄影帶剛開始流行沒幾年時看的，雖然隔了這麼多年，但中間讀過中譯劇本和電影分鏡本，因此內容還算熟悉。能在大銀幕上觀賞小津作品，是難得的機緣。

《東京物語》和《東京家族》用相對溫馨的劇情表達了「家庭崩毀」的主題。家庭崩毀由來已久，當社會由農業社會轉向工商社會時就已發生，老家衰微，新家成長，而時光綿延向前。因此，電影裏的家庭崩毀不是一個控訴式的命題，而是一個哀傷的歌謠吧。

相隔六十年，社會有了更新的變化，也反應在新拍的電影《東京家族》裏。蒼井優的紀子角色雖然不能如原節子在《東京物語》裏飾演的紀子那般完美，但放諸今日的標準，也是眾裏難尋的了。一個人的孤獨生活如今已更為普遍，從而《東京家族》的悲劇感也就略微淡化。橋爪功飾演的平山周吉看來就是比笠智眾更具生命力，失去了伴侶，他還可以繼續在園子裏工作，在榻榻米上剪腳指甲（真是神來一鏡）。鄉村人情在，還有一犬相伴，呼應了當今家庭的現象：子女會離家，寵物不會。

一九五三年的《東京物語》距大戰結束未久，平山周吉跟兩位朋友在小酒館裏相互訴說著子女的事，幾個老人說起他們在戰爭裏失去的孩子，你兩個，我一個……結論是：即使他們今天還活著，也不會聽從父親的意思。《東京家族》的時代是三一一日本東北大地震之後的當代，電影裏有著「這國家到底要把我們帶到哪裏去」的批判之外，老輩對兒女依然不滿，但這個不滿在最後有了改變。從《東京物語》裏「復活」的二兒子平山昌二（妻夫木聰飾），是父親眼裏的浪子，總擔心他不務正業，未來如何是好，可最終做父親的明白，不管兒女選擇甚麼，只要努力以赴，他們總會走出自己的路子，因而結局對年輕人的未來也有更好的祝福。

看來山田洋次對家庭的現狀有較樂觀的看法。

瀨戶內海小鎮

一遊文學作品、歷史書籍提到的地點，或者電影拍攝的場景，可能是許多文藝青年喜歡做的事。我沒那麼上癮，一來世界那麼寬廣我無法經常旅行，二來閱讀世界無限大而吾生也有涯。能夠去，我們就到現場看看；如果不是那麼方便，也可以做別的選擇。

幾年前，到日本岡山、廣島一帶旅行，安排停泊點時，我選擇在尾道住一天，看看小津安二郎《東京物語》裏起始和結尾的那個瀨戶內海小鎮。

旅遊書上介紹了一些景點，譬如說乘纜車上去的千光寺和那裏的公園、文學小徑等等。但我們時間有限，大多放棄了，先拜訪淨土寺再說。

有著錯落宏偉的建築，淨土寺幅員廣闊，但在前庭尋找電影裏的場景並不太難。略一瀏覽，大概看得出約在山門以及圍牆邊的參道。老伴過世的早晨，平山老先生在那裏不知眺望著甚麼，然後向尋來的兒媳也或者是自言自語：「看來今天又是個熱天吶。」半世紀過去，變化不算大，特別是尚未有其他訪寺客人到來的早晨，有著近似悵然的清寂。倒是外面的天地變化多些，從參道往外望去，雖然眼底的山陽本線鐵道，幾排屋脊簷瓦後方的瀨戶內海水道，以及水道過去的向島，大體可以附比電影的影像，但視線左上方橫空斜過去的尾道大橋整個改變了眼前的景觀。水道上來往的船隻並不巨大，引擎顯然改善許多，沒聽見電影裏反襯寂寥的渡船馬達碰碰之聲。

下了淨土寺，步行不多久，來到尾道電影資料館。資料館不算大，較受人矚目的是小津的角落，有更多《東京物語》在當地取景之處的照片，這些大多是空景，最有趣的是淨土寺只有平山和其兒媳那場清寂之戲，從另一邊拍的照片呈現出笠智眾和原節子兩位演員的後面是一大群看拍電影的民眾。我們也在放映室看了幾十分鐘特別製作的小津紀錄影帶。

關於小津的《東京物語》，這樣也就夠了。難得的是到了這樣頗具風情的小鎮，感受到它獨特的氣息。有機會要找大林宣彥的電影來看，因為他是尾道出生成長的導演啊。於尾道，小津只是過客，大林宣彥的「尾道三部作」和「新尾道三部作」等以故鄉為背景的作品當是值得一探。

夏目漱石・文庫・人間事

二〇〇七年冬天，偶然的機會，在東京看了夏目漱石的特展。名為「文豪・夏目漱石——心和視野」的特展以紀念「東北大學創立一百周年、夏目漱石入朝日新聞社一百年、江戶東京博物館開館十五周年」而舉辦。

展場在兩國的江戶東京博物館一樓的展示室，地方不大，但足夠將這位日本近代最受歡迎的作家的生平和創作做一次具體的呈現了。

觀覽的路線大體按照漱石的一生分成「漱石成長的時代」、「在異鄉的漱石」、「作家漱石的誕生」、「漱石描寫的明治東京」、「漱石山房的日常」和「晚年的漱石與他的辭世」等六個部分。不管你是不是夏目迷，走那麼一趟，看看實物或者照片，以及附著它們的說明，對身為英文教授又是文學創作家的夏目漱石這個人就有概略的了解了。

關於夏目漱石的展覽，從這次展覽的主催單位之一，朝日新聞社出版的導覽書《文豪・夏目漱石》附錄參考文獻推估，數量相信不會少。這次強調有不少是初次公開的資料，主要是東北大學所藏的「漱石文庫」，那是包含漱石的藏書、信件、日記等等的組合。

為什麼夏目漱石的藏書、日記和信件等等會收在與他素無淵源的東北大學？

太平洋戰爭漸熾，東京空襲的危險性增強，夏目漱石的遺族和弟子們開始對位於早稻田的漱石故居「漱石山房」的遺品如何安全保存感到迫在眉睫。漱石的弟子同時也是長女婿的松崗讓，為了方便研究使用，原本希望藏書保存在和夏目漱石關係密切的東京大學（夏目在此畢業，後又在此執教），但東京大學圖書館書籍的典藏是以類別分的，對漱石的藏書不希望打散表示困難。

漱石有位弟子小宮豐隆在位於仙台的東北大學任教，此時擔任圖書館館長，一來他年輕時親炙漱石，對之有著長期以來的欽敬忠誠，對漱石作品素有深入研究，曾在漱石主持的「朝日文藝欄」擔任編輯，也多次擔任「漱石全集」編輯，早有成立漱石博物館的想法；二來東北大學有特殊文庫的典藏方式，符合夏目家的想法。於是在小宮豐隆奔走之下，東北大學購入了漱石的藏書。

漱石的藏書於一九四三年末開始搬遷，翌年春天完成。再一年後的一九四五年五月二十五日深夜，東京遭到美國B29超級空中堡壘的大編隊轟炸，早稻田一帶盡成灰燼，漱石山房自然也付之一炬。

一九五〇年十月，漱石的藏書加上日記、藏書目錄、上課筆記、考卷，以及身邊的一些札記，成立了「漱石文庫」，後來又購入漱石的原稿、初版本等等，豐富了這個文庫。

這次是「漱石文庫」第一次回到東京展覽，朝日新聞社為特展發行的紀念號外以「漱石先生的返鄉」形容這件事。

一九〇〇年十月到一九〇二年十二月，夏目漱石在倫敦留學兩年，他撙節了見肘的留學公費，買了不少書。他主要的藏書是這個時期買的，可以看出他興趣的廣泛。文學書當然是主力，十八、十九世紀的小說《魯賓遜漂流記》、《格列佛遊記》、《傲慢與偏見》、《理性與感性》、《簡愛》、《雪莉》等等自然不在話下。莎士比亞全集買了兩套以上，他回國後在第一高等學校和東京大學執教時用的是阿登版莎士比亞。現代戲劇則有易卜生的劇本《傀儡家庭》、《海達・蓋博樂》等。丁尼遜詩集等也都在藏書之列。文學之外，社會學、自然科學的書占了一小部分，他對美術的興趣也促使他購買了不少畫冊、圖鑑和繪本。

夏目漱石對美術的素養導致他對自己作品的出版多方參與。作品的插畫家和封面設計者多是他邀請的，在與設計者溝通時，他從英倫帶回來的書本發揮了一些功用，漱石的作品都印得十分典雅出色。

展覽的內容中，我覺得最有趣的是夏目漱石留下來的一些帳冊。帳冊是上下兩欄式的，有一本顯示了關於版稅的紀錄，上欄記著○○書再版五百冊，下欄則是多少日圓或者已收這樣的記事。（在展示櫃裏翻開的這頁沒能看到初版多少本，都是再版五百冊這樣的數據。夏目漱石死後周年忌開始推出的最早的「漱石全集」，兩年後出齊，共十四卷，據說是每卷各賣了五千七百部。）

做為老師，除了傳道、授業、解惑之外，夏目漱石還要借書和借錢給弟子。玻璃櫃裏有兩本帳冊分別記載著弟子們借走的書名和借款金額，如果還了書或借款，漱石先生就會將之從上到下一筆槓掉。展示的那頁裏我看到好幾欄紀錄尚未槓掉，不知道這些借貸是不是隨風而去了？

歌舞浮生

日本「寶塚歌劇團」創立一百年的海外公演，到了台灣。

對這樣的歌舞劇印象，我最初是從好萊塢電影《櫻花戀》得來。這部詹姆斯・密契納原著小說改編的電影，男主人翁格魯福少校（馬龍白蘭度飾）愛上的日本女子（高美以子飾）就是歌舞劇團的「男」主角，電影中因而有一些華麗的歌舞，劇團演員的日常以及與擁躉互動的場景。我一直以為那是「寶塚歌劇團」演出的，後來才知道是另一個當時也很著名、號稱日本三大劇團之一的「大阪松竹劇團」的支援演出。

其實中年以上的台灣觀眾對於這樣絢爛華麗的歌舞形式並不太陌生，那就是師法日本歌舞劇團的「藝霞歌舞劇團」（一九五九～一九八五）。我在七〇年代中期有幸在台北市的第一劇場觀賞過一回，當時的感受頗為震撼。

成立百年的寶塚歌劇團有很長時間是日本少女夢寐以求之地，負責養成的「寶塚音樂學校」入學試因此競爭激烈，每年四十位的名額，即使近年來熱潮稍退，都還有八百人以上報考。

寶塚的如此存在，也使許多電影、電視連續劇、漫畫、文學等等以之為題材，其中包括了文豪川端康成的《劇團學校》。小說與戰紀作家阿川弘之寫過一部《軍艦長門》，以長期擔任日本海軍聯合艦隊旗艦長門號的艦史推衍出近代日本海軍史話，有一章描述了從王公大臣到庶民的長門艦訪客，其中包含了寶塚少女團員。寶塚的到訪使年輕軍官充滿期待，熱情歡迎，事後且有書信往返。阿川弘之說他想寫些人們欽羨的寶塚少女與青年海軍軍官的羅曼史，可惜未有發生。

人生總有沉靜與繽紛，更多少女的人生等在前頭。從寶塚退團的人，投身家庭或各界，有許多則投入演藝界，或浮或沉。有拍AV的，也有人多年之後成為總理（前首相鳩山由紀夫）夫人。

眾所周知，寶塚歌舞劇裏的男女主角都是由女性擔任，其實他們曾經成立過男子部。寶塚創辦人小林一三希望能演出男性擔綱的正統音樂劇，因而從一九四五年開始招收男演員，但敵不過粉絲的激烈反對，不得不在一九五四年解散。九年間一共有過二十五名男團員，他們懷抱夢想，但只能在舞台兩端合音，從未能在主舞台發光發熱。離開寶塚後，因為能歌善舞，有人去開班授課或去當藝人，有人則隱匿這段過往投入上班族行列。他們中有六個人在五十幾年後的二〇〇七年重聚，去觀賞以他們為題材的舞台劇《寶塚BOYS》的首演。

遇見日本首次「列福式」

日本首次的「列福式」於二〇〇八年十一月二十四日在長崎市舉行，這是日本天主教的盛事。純粹偶然，我們參與了這場儀式。

「列福式」就是「正式列入真福品位的儀式」，天主教對於道德和聖德足以尊崇者，於死後敬稱為「真福」，這是僅次於「聖人」的尊榮。公開列入真福的儀式謂之「列福」（中文稱為「宣福」）。

一九九七年過世的德蕾莎修女也於二〇〇三年由教宗若望保祿二世列入真福之中，但這次在日本舉行「列福式」的對象，是在死後近四百年或超過四百年才得以列福的，他們是彼得岐部等一百八十八名於一六〇三年至一六三九年之間在日本各地的殉教者。

一五四九年，時為室町幕府後期，西班牙傳教士方濟各・沙勿略到了日本，隨著剛起步的歐洲貿易，開啟了爾後日本人對基督宗教的信仰。然而基督宗教的傳布與日本佛教產生了衝突，教會傳教的使命夾雜在與南蠻（西方）的貿易中。

各地大名大多對基督宗教採取容許的態度，一五八七年，統一了日本的豐臣秀吉改變了對基督宗教的方針，發布了「伴天連追放令」（教士驅逐令）。但後來因為獎勵貿易的關係，對基督宗教的壓制並未徹底實施。

先是一五八五年羅馬教宗葛列哥里十三世發布了認可耶穌會專管日本

*沙勿略是天主教傳教士，與方濟各會、道明會都是羅馬天主教；當時基督教尚未傳入日本。基督宗教是廣義稱呼天主教與基督教，因為只是新舊教的差別，同是信仰基督。

傳教的敕令，這使得預定以菲律賓為據點到日本傳教的西班牙方濟各會、道明會等受到影響。在這樣的氣氛中，從事菲律賓貿易的日本商人向豐臣秀吉進言征服菲律賓，一五九二年秀吉向菲律賓總督勸降，兩年後菲律賓總督派遣的方濟各會傳教士彼得・包契斯塔（Pedro Bautista）到名護屋城謁見了秀吉，獲得了在京都建修道院的許可。一五八七年的「伴天連追放令」原是針對耶穌會的，與方濟各會並無相關，從而大事開展了傳教活動。

在這樣的狀態下，一五九六年，一艘從菲律賓開往墨西哥的貿易船「聖菲力普號」，因遭遇颱風漂流到土佐灣，船上除了龐大的貿易品之外還有七名西班牙傳教士。豐臣秀吉立即著人沒收了龐大的船貨；一說是認為傳教士是意圖征服日本的先鋒，一說是為了沒收的合法化，秀吉破壞了與包契斯塔的協定，再度發布「伴天連追放令」，連基督信徒都一起逮捕。

結果是逮捕了在京都、大坂一帶活動的包契斯塔等六名傳教士和二十名信徒，解送到長崎，於一五九七年處死。這就是後世知名的「日本二十六聖人」。

「伴天連追放令」持續施行，豐臣秀吉死後，德川家康與石田三成相爭，為了爭取基督徒，對宗教信仰採取寬容的態度。關原之戰後，家康一統天下，暫時還容忍基督宗教，等到江戶幕府掌握了對外貿易的主導權後，正式的、長期的禁教（基督宗教）於焉開始。此後三十年，禁令雷厲風行，教徒或是流放國外，或是受鎮壓而殉教。據研究，名字、殉教時地可確認者超過五千五百人，其他無法確認身分事蹟的殉教者估計達兩萬人。

這回在日本舉行的「列福式」所崇敬的一百八十八名信徒主要是在這段期間殉教的。一百八十八人中除了傳教士之外不乏武士（其中有高階武士和家老），還有多起整個家族一道殉教的，包括稚齡小孩和嬰兒。

一百八十八人裏有四位神父（司祭），朱里安中浦在禁教令發布前已在澳門成為耶穌會神父，禁教後繼續潛伏傳道；迪亞哥結城了雪在遭到流放後於澳門成為神父；托瑪斯金鍔次兵衛在菲律賓成為神父。彼得岐部的事蹟更為曲折，他與金鍔次兵衛被流放到了澳門，為了成為耶穌會的神父一起進了神學院，然而還未能成為神父神學院就關門了。不同於金鍔次兵衛轉到馬尼拉的聖奧古斯丁修道會，彼得岐部選擇了另一條路，到羅馬去。這是一條遙遠而艱辛的路程，途經耶路撒冷，成為日本第一位到耶路撒冷的朝聖者。岐部在一六二〇年抵達羅馬，循序敘階成為神父，在羅馬待了十多年，最後和結城了雪、金鍔次兵衛一樣，潛回日本祕密傳道，終遭逮捕殉教。

「列福式」第一次在日本舉行，並不表示前此未有日本人列入聖人。事實上在十九世紀中葉日本「開國」之後，一八七三年（明治六年）默認了信仰的自由，在這之前教廷即次第有幾回列聖儀式。教宗庇護九世於一八六二年將豐臣秀吉時代殉教的保羅三木等人列聖，即前述的「日本二十六聖人」；又於一八六七年將兩百零五名殉教者列聖。一百多年後的一九八一年，托瑪斯西等十六名殉教者獲得教宗若望保祿二世列入真福，這十六名真福在一九八七年再度由教宗若望保祿二世列為聖人。

教宗若望保祿二世在一九八一年也訪問了日本，以這個契機，日本天主教開始了這次的彼得岐部等一百八十八名殉教者的列福申請，歷經日本國內的調查，教廷列聖部的歷史審查委員會和神學審查委員會通過，直到二〇〇七年才經教宗本篤十六世簽署通過。

我們遇到這場列福式完全是緣於當天我們剛好旅行到了那裏。因為並非教徒，在這趟長崎之旅前從未聽過列福式，我知道這件事是到達平戶時從旅館裏《讀賣新聞》的廣告企畫專題上看到的，除了解釋列福式的前因之外，提到國內外將有約三萬人參加十一月二十四日在長崎舉行的慶典。

原來如此，這解開了我們旅行之前訂旅館時的一個疑惑。我們從福岡出入，預定去長崎縣的三個地方，先到長崎市，然後是佐世保和平戶。除了平戶之外，另外三個城市都住連鎖旅館「東橫Inn」，從網上觀覽的結果是都有空房，唯獨預定在長崎市的第三天二十三日是滿的，為此，我們不得不重新安排行程，先去平戶、佐世保，二十四日再到長崎市。

接下來幾天我沒再想起列福式，直到二十四日近午。我們搭乘的火車進入長崎市，即將到達終點站時，看到窗外一座體育場內外廣大的人群，直覺告訴我那裏就是列福式的式場。

就在那一刻，我們決定去觀禮。為什麼不呢？長崎是日本文化與西洋文化交會之地，也是基督宗教文化生根之處，有許多教會建築值得一看，事實上日本正將散居長崎縣各地的二十六處具有歷史和建築意義的教堂等教會設施申請為世界文化遺產，我們的行程裏也計畫去看其中的幾座。如今一場難得的、和宗教有關的文化盛事被我們撞上了，委實不應錯過。

寄放行李之後，我們搭路面電車到達松山町，列福式的會場長崎縣營棒球場Big N外面大型遊覽車一字排開，人們已經入場就座得差不多，正門口只剩一排桌子和接待人員，以及零星的進場教友，聖歌起唱，大會已經開始了。

所有參加的教友可能是事先報名的，有一份辨識的掛牌以便出入。我們經工作人員指點，找到負責發放入場證的女士，說明來意，她說會場已經坐滿，沒位子了，我說站著也沒關係，她猶豫了一下說，如果我們不介意的話，可以到外野去，只是外野恐怕看不到甚麼，我說無妨，於是拿到了入場證。

進入右外野區，那裏是比較不擁擠的地方，大致只有九成座，講壇就設在中外野，它後面的中外野座位不開放，因為那裏甚麼都看不到，除此之外，到處都坐滿了人。人數遠比滿座的棒球賽還要多，因為球場裏也坐滿了。我們從側面觀禮，倒是比遙遠的本壘板後方要來得清楚。

從列福式手冊的座位配置圖看，長崎附近教友就近參加的占人數的最大部分，其他大部分來自日本各地，只有兩小區標明「外國籍」和「韓國」，顯示韓國是參加列福式的主要國外教友，手冊上的日文文字以外，有一些英文和一點點韓文也顯示了這狀況。

儀式在時而微雨的天氣下進行，我們並未錯過主要的宣告列福，那是由專程來日的樞機主教喬許・沙瑞伯・馬爾丁斯代表教宗宣讀。

接著是謝辭以及一百八十八名殉教者所屬教區的大主教或主教輪番報告殉教者的事蹟，以及畫像揭幕、敲響和平鐘、釋放和平鴿。

行禮如儀，再三證道，約五百人組成的聖歌隊帶領之下的聖歌誦唱，似乎破除了氣候的陰霾。

旅行結束後，我閱讀了一些資料來理解這些事的歷史背景。

一六二二年三月十二日，耶穌會始創者之一及首任會長羅耀拉（Ignatius de Loyola）和也是耶穌會始創者之一並且是第一位到日本傳教的沙勿略的列聖式同時舉行。在羅馬旅次的彼得岐部有幸出席了這場慶典。

那時候三十五歲的彼得岐部可能沒想到十七年後他會為了信仰而以身殉道，更不會想到三百八十六年後，一個包含他和其他同志在內的列福式會在他的故國舉行。

後記　文稿完成後，承古亭耶穌聖心堂洪萬六神父審閱並修正數處及加註，謹致謝意。

飛行員想尿尿怎麼辦

在飛機上，駕駛員想尿尿的時候怎麼辦？也許你會說，怎麼辦，上洗手間啊，這會是問題嗎？不錯，現在的一般情況是這樣，但如果是小型飛機，特別是只有一個人乘坐的戰鬥機，這問題要如何解決？

問題的初始，是多年前有一天早上賴著不起床，不著邊際地東想西想時突然浮現出來的。我開始從記憶裏搜索看過的那麼多戰紀和戰爭電影，沒有，沒有一本書或一部電影提到。甚至於一九二七年單人單機不著陸飛行從紐約橫渡大西洋到巴黎的林白傳記也沒有隻字片語，那可是幾十小時耶。

應該怪我自己。這些都是英雄故事，生死存亡皆在電光石火之間，所面臨的長程飛行，要做必要的準備，要安定心情，要提高警覺，甚至於要防止不小心睡著了。那麼多重要的事情要描述，誰管尿尿呢。

無聊的問題、攪局的問題，後來就忘了。

前些日子，在堀越二郎與奧宮正武合著的名作《零戰》的附錄上看到一篇有趣的文章，奧宮正武執筆的〈海軍飛行員與食事〉。

奧宮出身日本海軍飛行員，長期擔任航空參謀，他在文章裏說，戰鬥任務的遂行，旺盛的士氣十分重要，而士氣有力的要素之一是人員的健康；特別是集駕駛、與友機的聯繫、搜尋敵機與空中戰鬥，還有往復航行路徑等等要務於一身的戰鬥機飛行員。健康，有賴營養的食物，而它的份量，以及食用的時機都要格外下工夫。海軍對飛行員的食物與一般人員有區別，水果、疏菜、肉類、蛋，以及各種飲料都有特別加給。

接下來，奧宮談到了排泄問題。飛行員在軍服或作業服的外面穿了飛行衣，還帶上降落傘，人就坐在折疊的傘體上，然後肩膀和腰部以安全帶固定縛住。萬一便急的時候，不沾污到飛行衣和降落傘幾乎是不可能的事。

職是之故，老練的飛行員會在飛行前盡量不吃水分多和過量的食物。最菜鳥飛行員往往不能節制，吃多喝多的結果就都流到飛機的座位上了。最為激戰之區的拉布爾和所羅門群島諸基地，飛行時間往往過長，導致飛行衣和降落傘的嚴重污穢。長途飛行間，飛行衣慢慢乾了，飛機降落後，他們外觀上看起來還好，但他們身上發出的臭氣，機場的整備員都快哭出來了。

就這樣，我那多年前無聊的問題無意間跑出了答案，至少是跑出了一個答案。

今天早上，我在住家附近散步的時候，聽到天上有引擎的聲音，抬頭望去，原來是一架輕型機正緩緩飛過上空，依稀還看到駕駛員的身影。

起先還欣賞著那逍遙的飛行，接下來我想到的是，要不要進門呢？

一個小小的時間換算機

I

不知什麼時候養成的，閱讀的時候，對於事件發生的時空場景，我都會在腦海中的時空座標上去確認。以時間來說吧，譬如說這件事是一九三七年四月在中國發生的，我第一個想到的可能是「抗戰前夕」等等……

這本來就是閱讀時閱讀者的背景理解度與閱讀內容的交融，是不知不覺的，極自然的現象。

如果可以確認而不能確認，我就會感到些微的焦慮。

因為這樣，閱讀時，時常會想去確認裏面提到的年代，在這些年代之間感覺時間的流動等等。

然而，年代的紀錄（紀年）東西方各異，就是東方也有多種，換算起來還頗麻煩的。

柏楊先生認為中國古代的紀年多而複雜，不方便實用，所以他的大作《柏楊版資治通鑑》是以西元為主要編年的。

我們現在已經習於用西元來作為通用的紀年，加上國內正式的民國紀年，這是我們熟悉的紀年方式。

然而我們在閱聽上還會碰到日本的紀元，當然，把它換算為西元會有助於和我們的時間座標接軌。

有些相關的書（中文著作或日文中譯本）會有日、西紀年的對照，有的則只有單一的紀年，或者兩者對照了，卻不吻合。

也許我們可以用點方法，很快地確認一下。

2

先把日本近現代的四個年號（各一位天皇），與西元的關係表列下來：

日本紀元	**西元紀元**
明治元年	1868年
大正元年	1912年
昭和元年	1926年
平成元年	1989年

這樣，我們分別用一八六七、一九一一、一九二五、一九八八加上各年號紀年，就會得到相應的西元紀年。譬如明治二十七年是1867＋27＝1894，這是歷史上重要的一年，一八九四年，光緒二十年，中日甲午戰爭。

你記得的重要歷史事件可以是重要的檢查點。

如果記住明治三十三年是一九〇〇年，也有助於很快確認這前後幾年的西元年份。

大正最容易確認了，他正好與民國初年的年號平行，對西元的算法自然也是一樣，一九一一加上年號數字，就是西元。

有的歷史年表上大正只有十四年，大正十四年是一九二五年，一九二六年就是昭和元年了。其實大正有第十五年。日本近代紀年的方式是，天皇逝世後，新天皇即位，即刻改元，哪怕距那一年年底只有很短的一段時間。大正十五年和昭和元年是同一年，一九二六年。

我曾經看到過日據時代台籍知識分子劉吶鷗一九二七年旅居上海的日記影本。劉吶鷗的日記是逐日寫在現成的日本某大出版社印行的「文藝日記」上。

這個日記的封面上還印有一行字「大正十六年」。

我初看到時，吃了一驚，因為這顛覆了我大正只有十五年的認知。稍微想了一下，我明白了為什麼，大正只有十五年沒有錯，但出版社在幾個月前就印好了下一年的日記上市，然而那年的十二月二十五日，他們的大正天皇就過世了，沒有事實上的大正十六年，印好了售出去的日記本上卻有。（補註：台灣早夭的小說家翁鬧在其一九三九年發表的中篇小說〈港町〉裏有一段這種狀況的情節。見翁鬧著《破曉集》，如果出版，二〇一三。）

昭和就是加上一九二五來接軌西元。昭和的終焉是哪一年呢？它與天安門事件是同一年，八九民運，一九八九年。這會使你容易記住。

昭和天皇逝於一九八九年，昭和六十四年。平成始於一九八九年。西元二〇〇〇年是平成十二年，平成紀年減去十二，就是二十一世紀的紀年（平成十七年，減去十二，等於五，二〇〇五年）；或是倒過來，二十一世紀紀年加上十二等於平成紀年（005＋12＝17，二〇〇五年是平成十七年）。

了解這之間的關係，試著用幾次，你腦海中的這一段時間轉換功能就建構起來了。

3

日本許多事都源自中國，以紀年而言，過去的頻頻改元與中國相似。中國另有一個黃帝紀元，現在已經少有人知道了（我也懷疑過去有多少人用）；日本也有一個皇紀。

皇紀是《日本書記》記載，神武天皇即位之年（西元前六六〇年）為元年算起。這種紀年是明治五年（一八七二年）定的，我看政治的功用多於一般功能。

西元一九四〇年，日本昭和十五年，皇紀二六〇〇年。日本大肆慶祝，南京汪精衛政權也派使節團前去。胡蘭成的《今生今世》，裏面有一段述及他參團訪日的經過：「太平洋戰爭最輝煌時，正當日本開國二千六百年紀念，南京派慶祝使節團去，我亦在內……」

太平洋戰爭是一九四一年十二月八日，日本偷襲珍珠港而爆發的。可開國二六〇〇年是西元一九四〇年。我想，胡蘭成是參加了的，但他在時序的記憶上有誤，那應該在開戰之前。另一種可能，按前後文看可能性較小，他參加的不是二六〇〇紀念團。

著名的零式戰鬥機也是從二六〇〇年的尾一字命名的，這又是另一段故事了。

輯四

小城一瞥

醒來的時候，周圍靜悄悄的，起床拉開窗簾，對街高聳的聖母院尖塔襯著看來今天會是晴朗日子的天空。因為與聖母院一街之隔的緣故，我們投宿的旅館就叫「聖母院旅館」。不是在巴黎，我們在法國北方的瓦城。瓦城也有聖母院，就像台灣很多地方都有天后宮。

我們是前一天傍晚搭火車抵達瓦城的，簡單明朗的車站迎接著我們，猜想應是個怡人的城鎮。出了車站，我們一反前例的先拍照留念，還向大兒子小安說要帶到背後的「瓦城」站名。終於來到孩子工作和居住的地方，似乎為做父母的我們帶來一些額外的意義。

把兩隻貓留在台灣託付我們，小安已在此地生活整整兩年。我們到他的居所，一個人俯仰坐臥之處，廳外小小庭院，僅止於割過草，不若隔鄰的花園繁茂。孩子婉拒了媽媽要挽救庭院的企圖，使得她只好轉戰水槽。

起早了，距小安來接我們的時間還長。走下旅館，空氣微涼，我們沿著昨晚他送我們回旅館的來路而行，慢慢走到了大街。路上行人多了一點，多半是趕著上班的吧，腳步匆匆，也有提著袋子穩行的婦女，間或停下來端詳櫥窗裏展示的某件物品，不太能想像她們的去處，只在腦海裏烙印著這小城生活的日常。

走過幾個十字路口，轉個彎，到了昨天晚上來過的長方形廣場。昨天小安將汽車停放在廣場一端，領著我們做了一番導覽。市政廳、藝術裝置、酒店、餐廳，以及一些在北地夏日的天光下已經打烊的店鋪。

「很漂亮的小城市。」我們這樣說，背後有著兒子在電話和信裏對這城市平淡無趣的描述。

「是啊，但你們是觀光客啊。」

或許我明白。

二十多歲剛出社會時，在距離大城市稍遠的地方工作。那是個帶著古意的寧靜小鎮，擁有秀麗的山林、清澈的山溪，如今想來，都還有許多懷念。可是當時年輕浮動的心驅使著我幾乎每一個星期假日都往大城市跑，約會、看電影、找書，然後戀戀不捨地搭末班巴士返回小鎮。

這樣安靜的小鎮，我想多數人總得要一些歲月歷經，生活篤定了之後，才比較能夠欣賞能夠安頓其中吧。

離開廣場，我們嘗試走另一個方向，沿著綠草皮上電車線外側人行道走一段，然後彎進顯然是這城市的舊區，在蜿蜒的街上尋路回旅館。

吃了較遲的早餐，兒子開車載我們在瓦城繞了一會，包括暫停遠望一下他工作的大樓。「度假的時候真不想來辦公室啊。」兒子笑著說。

繼續我們未竟的旅途，驅車開上高速公路。我們後來的行程由兩片CD陪伴，一片是節奏強烈的西洋音樂，一片是中文歌曲。在反覆聽了多遍之後，我問兒子那片中文CD是甚麼。

「陳綺貞的《太陽》。」

不知道算不算他的鄉愁？

敦克爾克

在比利時布魯日的旅館門廳裏，看到一幅古地圖，聚落稀疏的昔日，我們計畫前往的敦克爾克感覺不過就是布魯日鄰近的一個漁村。

布魯日是大兒子安排的旅程，那裏街道建築河渠橋梁秀麗可觀；敦克爾克是我額外的建議，大抵上順道。

一九四〇年五月十日，希特勒發動閃擊戰，突破西方防線，德軍在行動迅速的裝甲部隊開路下，粉碎盟軍抵抗，進入法國。五月二十一日，德軍接近距英法海峽不遠的阿布維爾，將此線以北的盟軍幾乎包圍了。為數約四十萬的英國遠征軍、法國軍和波蘭軍，唯一的退路是海岸，他們之中的一部分奮力抵抗德軍日益加強的壓迫，大部分則直奔敦克爾克，等待英國船艦的援救。

因應這般突如其來的情勢，英國海軍部組織了兩百二十二艘軍艦和六百六十五艘民間大小船隻，在九天裏成功搶救了三十三萬五千多名盟軍部隊，四年之後，這些人得以反攻（歐洲）大陸。

敦克爾克位在法國最北的頂端，在GPS的帶領下，我們從布魯日往南，不多時即穿越國境，進入法國，下高速公路未幾，敦克爾克在焉，距出發僅約一小時。

不意外，很普通的小城鎮。馬路兩旁住宅居多，一直到GPS指示的終點附近才有商業活動的熱鬧氣息。我們繞了幾個彎，感受這個寧靜的小城，然後尋路前往港區。港區廣闊，先經過的是一般小艇的碇泊之處，沒看到甚麼大輪，或許我們並未走完全境，但這部分也夠大了；略往西南，汽車行駛在港邊近海的狹長外堤內沿，遠處港內吊車和工廠林立，景色與市區迴異。

道路直而長，卻看不到海，那堤外的景觀如何呢？路旁停了車，走上去。英法海峽在幾十公尺外，這之間，黃沙和叢草分布。一陣風起，沙塵掩面，草球滾動，竟有幾分荒涼之感。一瞬間，與腦海裏幾十年前看的那部電影《*Weekend at Dunkirk*》（忘了台灣確切譯成甚麼片名了）的色彩有了短暫的聯結。這裏當然不是那裏，電影也未必在地拍攝，畢竟六〇年代距戰時也有二十年，於今更久了。我只記得片段戰鬥機低空掃射下的血與汗，爆炸燃燒的黑色濃煙，帶著恐慌和頹唐氣息的夏日沙灘景象。

相關書上的描述要奮進得多，這軍艦和各式各樣民間船艇組成的混雜撤退艦隊，動員了水手、漁民、遊艇主人、旅館清潔工人等形形色色的英國人，從白髮老者到年少童軍都參與了這個救援行動。敦克爾克是奇特的一役，是個將軍事的慘敗轉成一個「雖敗猶榮」局面的故事，還有更積極的說是「擊敗希特勒的第一步」，很勵志。

沿著長長的堤內道路行駛到盡頭，我們從港區的另一端離開了敦克爾克。

並不那麼刻意的歷史現場巡禮也只能走到這裏，我在閱讀上經歷的那段時光已經遠去，走到歷史之流裏了。但在一頁頁的歷史翻過去之前，我記住了敦克爾克現時的一瞥：在先前商業區停車問路之際，車窗外的通訊店正對著外頭播放廣告影像，大兒子告訴我，那是前一天剛發表的iPhone 5。

蒙娜麗莎的微笑

行程最後一天，我們一早從多維爾出發往巴黎。是晚上的班機，我們原本可以緩一點出發，或者繞到附近甚麼地方去看看，譬如說有幾個二戰博物館的岡城，我看到路旁一個路標寫著距岡城四十一公里。只有四十一公里耶，但，不成，我得到巴黎羅浮宮博物館去看〈蒙娜麗莎的微笑〉。

多年前，一家四口第一次到歐洲玩，我們沒跟旅行團，也不能稱自助旅行，應該叫「他助」旅行。落腳第一站是巴黎，承吳博士夫婦的友誼招呼和導覽，當然也安排了羅浮宮。這天的計畫是吳博士帶我們到入口，我們一家參觀兩小時後，出來和一位在巴黎修習電影的學妹見面，由她帶我們到附近逛逛。

國中剛畢業的大兒子小安已有主張，排闥直入，往〈蒙娜麗莎的微笑〉方向而去，我們跟隨在後。這時，才小四的小力出了狀況，或許是早晚溫差大還是水土不服，小力嘔吐了。讓太座和大兒子繼續參觀，我帶小力到洗手間善後，把局部弄髒的褲管和鞋子處理乾淨並烘乾。

善後時間用得太多，我和小力因此錯失了〈蒙娜麗莎的微笑〉。以後的許多年，偶爾聊天的時候，或許是玩笑，或許是帶著幾分認真，小力說過一兩回：「爸爸，我欠你一次〈蒙娜麗莎的微笑〉。」

孩子都長大了。這回是我們夫妻第二次來法國，由在那兒工作的大兒子小安招待和導遊。出發前我有一些事在忙，對行程完全不問，只說要再去一趟羅浮宮。

我們先到南邊遊玩，然後回到巴黎待三天。預計去羅浮宮那天，天氣十分晴朗，小安看了天氣預報說最後一天會下雨，建議我們當天先逛別處，最後一天再去羅浮宮，下雨天進博物館不受影響。

那一天果然下雨，但天氣預報沒告訴我們那一天也是羅浮宮的休館日。

往北邊的車票買好了，往後幾天的旅館也訂了，要去羅浮宮只有在回家當天重進巴黎市區。

進巴黎已是午後了，母子倆選擇在咖啡館說話，我獨自進館。〈蒙娜麗莎的微笑〉真的具有超級吸引力，當我在偌大的博物館按圖找尋時，一組遊客已經穿越身旁而過，我抬頭望去，無需多加考慮，掛在後面跟著前頭的小三角旗便是。

果然，一轉進那個大廳，便知到了。人潮前頭，小小一幅畫像，比其他的畫多了一塊厚玻璃，那便是傳說中的〈蒙娜麗莎的微笑〉。畫前約兩公尺處只有一道帶狀的圍欄，你真的可以近觀這幅名畫，但其實你又無法細看，因為萬頭攢動，人手一機，人們看了畫，還要和她合影哩。

離開〈蒙娜麗莎的微笑〉遠一些，人潮就稀了，這個廳還有其他的畫作，Paolo Cliari的許多作品氣勢還滿大的，卻相對寂寞。

旅行回來之後，和小力見面時自然要提羅浮宮之行。

「你不再欠我〈蒙娜麗莎的微笑〉了，小力。」我拍拍他的肩膀說，那時我們正一面在看電視裏的棒球轉播：「換成美國大聯盟如何？」

海外旅行開車小記

二十幾年前第一次到歐洲旅行，只到法國和義大利兩個國家，原因是兩地分別有親友招呼。

在法國的行程，朋友吳博士規畫了前六天在巴黎和附近、後四天開車到南部的蔚藍海岸。巴黎租車，尼斯還車，然後吳博士夫婦乘快速列車回巴黎，我們一家四口搭飛機到米蘭，繼續後半的旅程。

計畫裏，我要負責開車，吳博士坐旁邊當導航員。我們到巴黎後兩天，吳博士帶我到租車公司辦租車手續。我把出國前到監理處申領的國際駕照交給辦事員時，他卻說還須出示原始證件，也就是我原來的台灣駕照。我當時已有幾次國外旅行經驗，喜歡把攜帶物品減到最少，既有國際駕照，帶台灣駕照做甚麼？何況絕大多數外國人也看不懂駕照上的中文吧。那位先生很堅持，沒有台灣駕照，汽車沒辦法租給我們。

怎麼辦？回到居處後，立即打電話回台灣，請住在家裏附近的親友用我們預留的鑰匙進去拿，然後火速快遞送來。一番折騰，兩天後，收到台灣駕照，我們再度前往租車公司。這回換成一位女士為我們辦理手續，她說只要國際駕照即可，無需其他證照。哭笑不得，我真的是見識了。

辦好租車手續，卻因我身體微恙，臨行前退了訂，最終沒能在法國開車。蔚藍海岸沒去成，遺憾之餘，我私底下倒鬆了一口氣，畢竟從來沒有在異國開車的經驗，巴黎車水馬龍，我又半個法文路標也不識，心中不免忐忑。

巴黎多待了幾天才離開，妹妹在米蘭接機，領著我們從米蘭乘火車一路由威尼斯、翡冷翠旅行到羅馬。在羅馬，我們宿泊在妹妹於周邊小鎮費米其諾的居處，那幾天的行動就靠她的二手飛雅特小ＵＮＯ，三位大人兩位小朋友剛好坐滿，妹妹開車，駕輕就熟，進城出城，滿愜意的。

有一天，去梵諦岡。太熱門的地方，到處停滿了汽車，繞了一圈，找不到車位。正要往更遠之處尋找時，我發現路邊有個空位，趕忙叫妹妹停下來，她卻說地方太小，停不進去。我說讓我來吧，於是前進後退多切幾次，把小ＵＮＯ給塞了進去。小朋友都歡呼起來，這可是做父親的珍貴時刻啊。其實，只要在台北開車久了，多半都具有這種本事，否則豈不經常得作「繞樹三匝，無枝可依」之嘆？

我的海外開車就以這短切的路邊停車始，稍後，也在已經熟悉的費米其諾通往奧西塔的短短路上開過兩回，沒辜負特地申領的國際駕照。

幾年後，又在日本的北海道開過一次車，那回我們和詹桑夫婦以及他們的小朋友同行，租車由札幌繞道東一大圈再回到札幌。日本行車靠左，駕駛座在右邊，用左手排檔。這和我們駕駛習慣左右逆反的狀況，我剛開始會不知不覺把車子往右邊偏，接近中間分道線了才警覺，所幸北海道地廣人稀，路上汽車不多，得以比較從容地適應新情勢。

開車的五天行程，每天都是詹太太先發，我當後援，大約四分之三以上的路程都是詹太太擔任駕駛，真是辛苦她了。

這只是我小小的海外開車經歷，僅資談助，完全不指南。

焦慮旅次

記得是在日本東京新宿的華盛頓飯店，我們逛得很晚才回房，洗完澡出來時，同行的兒子小力已經睡著了。突然，腦海裏跳出一個問題，魷魚的日語怎麼說？

怎麼跳出這個問題？沒甚麼來由，那幾天沒吃魷魚也沒注意到哪裏有魷魚，生活裏總是有些事它自己就會跳出來的，也許有甚麼緣由，但自己不明白。

那時候剛學日語未久，我不會的字彙可多了，不會就Pass吧。但，不行，這個名詞前不久才在上課時提到，而且它自小就在生活裏出現，雖然只用聽的，但其實很熟悉。

於是我被困在那間本來就顯得狹小的房間裏，在床沿坐一會，又踱到窗前站一會，心裏很是焦慮。如果在家裏，我可以查看筆記本是不是記下了，時間還不太晚，也可以打電話問老師，但現在人在旅次，若要打電話得透過旅館撥國際電話，老師的電話我沒記住，真要打還得先問一起學日語的同學，可這樣太小題大做，也太勞師動眾了。

因為感覺難受，過了不知多久，我決定離開窄小的房間到大廳或者街道上去走動走動，舒緩心情。繫鞋帶的時候，日本的魷魚出現了。

「魷魚事件」是十幾年前的事了，但不是第一回。在那之前，有一天晚飯後與小力信步走到附近一家連鎖書店逛，遇到一位近十年不見、有幾面之緣、也談過話的舊識。我們站著聊了兩、三分鐘，一面試圖想起她的名字，但未能成功。

離開書店後，我坐在人行道旁的鐵椅子上繼續想。其實我知道她的背景，和我一樣也是來自東部，中文系畢業，過去是在一個文學性的組織擔任祕書……，就是名字叫不出來。小力問我怎麼了，我告訴他，他說：「難怪，你這次都沒有叫我向她打招呼。」

我最終是走回書店，道個歉，請問芳名。她給了我一張新名片，說很高興我回頭問她。

這應該是普通的事，那兩次太焦急了，如果心情緩和一點，不特意去想，過一陣子會自然地顯現出來，好像它一直就在那裏。不過也有每次碰到就會「卡住」的，像日本導演山田洋次的名字，一點也不晦澀，應該比約翰馬克維奇、安哲羅普洛斯更容易記憶吧，卻幾次想不起來。明明知道《家族》、《男人真命苦》、《遠山的呼喚》、《幸福的黃手帕》的，因為他是菜市場名字嗎？每每要讓我等一陣子。我心知肚明，年齡到了，類似的事就會陸續上身。這種卡了三、四回的名字，從另外的角度想，算是挑戰吧，我已經想辦法將之克服了。

之後，我鮮少像魷魚或請問芳名那樣子，卡到了，置之不理轉移目標為上，真過不去，打開電腦，估狗大神還是好用。不過出了門就麻煩一些，我的手機還沒進化到智慧的等級。

前幾年春天的一趟南部旅行，夜裏躺在旅店，東想西想，一位學長的名字又消失了。這太不應該，我們在學校時有過從，這幾年他從美國回來也都有見面餐敘啊。我繼續想著，他們班男生不多，我一個個點名，都出來了，就他不「出聲」。其實，太太也認識他，問她就會有答案，然而此刻她已在我身旁安睡，為這樣的小事吵醒她就太過份了，我只好繼續失眠。

就說嘛，放緩一下就會想起來的。太高興了，安靜的旅店裏閉著眼睛的我，在學長名字浮現的同時，不禁脫口輕呼：「○○○。」

「甚麼事？」

睡魔旅館

太座有一位在加拿大溫哥華的好友多次邀我們去玩，我們總是躊躇再三，二〇〇五年五月，他們已經決定處理房子回國長居，便趕在他們下旗歸國前一行。

近兩星期的滯留期中，好友推薦我們參加了四天的「落磯山脈之旅」。那幾天裏，白天飽覽湖光山色兼車旅勞頓，晚上在不同的地方打尖。那幾家旅店的名字已經忘了，只除了一家名為Sandman的旅館。還存有印象是因為名字怪，加拿大沒有沙漠，為什麼旅館要取名Sandman？

回家後沒再想起。

二〇一一年美國職棒大聯盟的焦點之一，是紐約洋基隊的終結者李維拉（Mariano Rivera）六百零二次救援成功，改寫了大聯盟紀錄。這當兒，有則新聞提到李維拉的出場曲Enter Sandman，新聞將之譯為「睡魔降臨」，原來Sandman是西方民間故事裏一手拿鐮刀一手拿沙子，專讓孩子睡覺的睡魔。

我也就明白Sandman Hotel的意思了。我估狗Sandman的時候，Sandman Hotel也跑了出來，原來它是加拿大一家聯鎖旅館，分布在近三十個城鎮。

向太太轉述了新聞內容，自然也提到我們在落磯山脈之旅時住的那家「睡魔旅館」。

「你也是睡魔啊。」太太忽然這樣說。

睡魔？哦——，我笑起來。睡魔，當然是。

我們說的是哄小孫子睡覺的事。那時候我們正重拾育嬰任務，小栗子在該睡覺時不會自己躺下來睡，或是撐著繼續玩，或是哭鬧，這時候得抱起來，讓他伏在胸前，頭墊著肩膀睡。這共同的育嬰任務其實是以太太為主力，我只是協力角色。哄小孩子睡覺這種只需提供人肉床鋪的事我做正好。事情做多了，漸有心得，他在我身上特別容易入睡。我固定唱兩首歌哄他，也許聽習慣了，才一起音，抱起來還哭鬧或東張西望的他，立刻就安靜下來。我很少需要把兩首歌唱完，小栗子常常是一分鐘內就睡著了（有可能是嫌歌難聽，趕快入睡大吉）。

睡魔算是讚美，可是被稱為睡魔的我卻是很難入睡的人啊。在異地不熟悉的床鋪，原應是難以入眠的，但旅行對睡眠也有正面的效果，那就是像我們這樣的自助旅行，往往自覺或不自覺地走了非常多的路，一整天下來，躺上床很快便進入夢鄉了。不記得那年在「睡魔旅館」有沒有睡好，但既有Sandman加持，即便頑固如我恐怕也是難以抗拒的吧。

到球場看球

原來談不上棒球迷的我，因為王建民旋風，再加上郭泓志和稍後的陳偉殷發光發熱，這些年在電視機前看了許多場美國大聯盟的棒球賽實況轉播，又常上網閱讀幾位達人的部落格，大概也可以算是一個球迷了。

除了投打攻防等比賽實況而外，電視鏡頭也常常掃瞄或聚焦球場的觀眾席百態，以營造現場感。或者應該說，其實觀眾是球賽裏重要的一個元素，那幾萬人同臨現場的屏息以待和鼓譟歡呼，相信是會讓人血脈賁張的；加以夜間比賽時，鏡頭掃向成排燈架的燈光當兒，又常會釀造成一種迷離的彷彿異次元世界的氣氛，這時候不禁令電視機前的我興起到現場看球的想望。

曾經有過到球場看棒球賽的經驗，當我還不算棒球迷的時候。

我們家小力在小學生時期就迷上了棒球。那時台灣剛有職棒不久，小力是味全龍的忠誠球迷，球員名字琅琅上口，球星海報貼滿牆壁和衣櫥，出門戴球帽，也收集球員卡甚麼的，甚至於還買了專屬的加油棒。小力這些嗜好都不勞我費心，他自己能夠搞定。隨著時光流淌，不知不覺間他已經到了要去球場「朝聖」的階段了。

家在盆地邊陲，距離台北市立棒球場近二十公里，這是小力未曾進球場的原因，若是住在台北市內，恐怕早就跟同學相約搭公車進場了。

於是在小力的「建議」之下，我帶他去看味全龍對三商虎之戰。

我們開車到市立棒球場，買票進場，但很快就發現進錯區了，我們竟然坐到了三商虎球迷這一區，怎麼辦？所幸那天觀眾不算太多，坐邊緣一點吧。天氣不錯，球賽也精彩，小力當然很興奮，只是在加油的時候會壓抑一下，畢竟是身在「敵營」啊。

那天味全龍隊在最後以一記再見全壘打逆轉勝，為小力的第一次現場觀戰畫下了愉悅的休止符。

此後我們又去了球場多次，幾乎全是味全龍戰三商虎的戲碼，那是當時的兩個老對手。有一回還帶了與小力同年的表妹，小妮子只是喜歡跟，也看不懂球，一直問甚麼時候回家，之後我們看球就又回復到父子二人組。

大概是國中二年級或三年級，小力就不再找我帶他去看球賽了。我想他多半是和同學結伴前往，隨著孩子的成長，這是再自然不過之事，我不以為意，但既然未有需求，我也就中止了到現場看球的活動。

小力升高二那個暑假，他的兩位阿姨想帶孩子去日本玩，約我們同行。我因為比他們多一點經驗，所以負責規畫行程。

小力問我能不能安排一天去看日本職棒的比賽？

我這才知道小力已經擴大他嗜好的範圍了。除了一些棒球雜誌，他甚至還買了當季日本職棒包含賽程在內的觀戰手冊，不懂日文完全不妨礙他對裏面訊息的理解。那時鈴木一朗已經如日中天，小力很希望能有機會看他打球。

於是我和小力就預定的旅行日期和東京附近區域地圖，對照鈴木一朗所屬的歐力士隊的賽程，敲出歐力士作客千葉羅德的那場比賽。

旅行結束的前一天，吃過中餐，對棒球不感興趣的其他大人逛百貨公司，我則帶領小力和他四位表弟從新宿搭東西線電車往千葉幕張方向出發，這地方我未曾去過，轉接巴士又出了點錯，抵達羅德主場時是下午三點，事先估計的餘裕中和掉了，剛好是表定的比賽時間。

球賽顯然已經開始，因為球場裏傳來陣陣的歡呼聲，然而售票處卻已關閉，到入口處詢問，年輕的工作人員告訴我們說球賽已經進入第八局，不再售票了。球賽不是下午三點開始嗎？我提示小力帶來觀戰手冊裏的賽程表，回答是這場比賽時間有了更動，比預定時間早兩個小時開始。

雖然剩不到兩局，但不忍看小朋友們臉上失望的神色，我於是和工作人員交涉，是不是能賣票給我們。工作人員答應進去票房問問看，過了一會兒，他回來說，門票作業已經結束了，但既然我們遠道而來，直接進場無妨。

小朋友們歡呼進場，坐在外野看最後一局半的球賽，包括九局上半鈴木一朗一次未能擊出安打的打席。

時間實在太短，沒能享受觀球時的投入或悠閒的樂趣就終場了，只能說經驗裏「有看過」日本職棒的現場比賽。

散場的時候，那位年輕的工作人員等在出口，送我們一顆球。他說：

「歡迎再來看球。」

其實我的第一次現場看球是大聯盟的比賽，那是更早以前，當小力還不是棒球迷的時候。我初次出國，跟隨朋友到了紐約，那邊的朋友招呼大夥兒去看球。記得是大都會隊的主場，記憶裏是在觀眾席的最高層，一直爬樓梯上去，坐好往下看，球場像一方小小的草坪，而當球員跑動的時候，又像是面對著一台綠底的彈珠遊戲機。我這樣形容一點都不是抱怨，其實那還滿賞心悅目的。

因為時差尚未調整過來，因為那天的陽光怡人，也因為微風溫柔，大部分的時間我都在打盹，只有在比賽中某個中斷時刻，律動十足的音樂響起，我跟著全場的觀眾站起來伸伸懶腰做做操。

即使是當時，我都不知道大都會是跟哪一隊比賽，也不知道比賽結果如何。然而隔了這麼多年，我還是覺得那是一次愉快的看球經驗。

時移事往，小力已經成年多時。味全龍早消失了，小力變成興隆牛的粉絲，牛隊易幟之後，自然成為犀牛粉絲。當我自己成為棒球迷之後，變成小力約我進球場看球了。第一次是請我到新莊球場觀賽，當作我的生日禮物。他結了婚，有了孩子之後，雖然比較忙，我們偶爾還是一同去看球。

小力會帶他的孩子到球場嗎？當然。以前我是被動帶孩子去球場，小力可是主動的，才三歲就完成了他兒子的球場初體驗。

有三代一起到球場看球嗎？當然。

雷馬克遺事

最早讀到的雷馬克作品是《生命的光輝》，那是一本描述納粹集中營的小說，聳人的罪行和主角的不屈，深深地打動了我，從此迷上了雷馬克。

《生命的光輝》之後，我又從學校的圖書館陸續借到了《流亡曲》、《凱旋門》（各三冊）。至於雷馬克的成名作《西線無戰事》，則是兩年後高中畢業到台北上補習班時看的，前後大概看了五遍以上。後來又陸續讀到《奈何天》、《戰後》、《里斯本之夜》，最後是一位年輕朋友送給我的《生死存亡的時代》。自然我也看過據原著拍成的兩部同名電影《西線無戰事》（路易・邁爾史東導演，一九三〇；迪伯特・曼導演，一九七〇年代）。

別人問喜歡誰的小說時，我常常說雷馬克，無疑，他的小說是我文學閱讀上最初的迷戀。他作品上的一些警句，在我高中直到大學時代放在口袋裏的小記事本上存活了許久。大概是「忘記過去，策勵來茲」、「我並非不哀傷，只是我們依然要活下去……」這樣的句子吧。

一九八〇年的某日，在副刊充當編輯的我在一個聚會裏有幸遇到何欣教授，不知怎地談到雷馬克，談到《生命的光輝》，何先生說那是他譯的，我感到意外和興奮（中學時代從圖書館借來的書很少去注意譯者的名字），如今回想起來，那次見面真是個快樂時光。何先生大概沒有想到他譯的一本小說，在島嶼一個僻靜的角落，大大的開啟了一個小讀者的視野。

九〇年代，有一次與中國小說家蘇童聊天，他說：「我少年時候最喜歡的小說家是美國的沙林傑（《麥田捕手》的作者）；現在很多朋友聽到我這麼說都難以苟同，他們說，現在有誰誰誰這麼多大師，為什麼會去喜歡沙林傑？」我想起雷馬克，說：「我們後來又看到了不少好作品，也都能欣賞，但要說到影響就比較難了。然而我們在少年時期，總是敞開了胸懷，那樣熱誠的、全心的接納我們崇拜的作家，我想是這樣的經驗。」蘇童同意這樣的說法。

那之後不久，偶然遇見一位德文研究所的學生，我隨口提了一下雷馬克，因為我的一位朋友正在重譯雷馬克的《西線無戰事》。然而他的回答是：「沒有聽過這位作家。」

雖則我明白不同的時代有不同的記憶，有不同的圖騰，但我在那一天剩下的時光裏仍是感到悵然若失。

一本書的故事

閱讀裝甲軍的起源，看到一些有意思的故事。

一次世界大戰前，英法的作戰部門就收到有各種奇奇怪怪的機械裝置的設計，但都不獲重視，最好的待遇不過是存檔而已。一次大戰期間，英國工兵軍官史文登將美製農業牽引機的履帶改良加到裝甲車輛的構想，是個突破性的想法。和許多新發明一樣，若是遇不到具睿智與遠見的識者，終究也只能止於構想，當時的英國海軍大臣邱吉爾看出了史文登等人的構想非比等閒，立即從海軍部撥款，支持這種陸上武器系統的實驗與發展。

一、二次世界大戰之間，歐洲各國對未來軍隊有一些看法，「快速的運動」是重要的觀念之一，日後德國裝甲部隊在開戰之初快速席捲西歐是大家熟知的例子。後來的法國總統戴高樂當時也是一位具有新觀念的軍官，他在一九三四年印行了一本小書《邁向專業陸軍》，認為法國必須建立高度機動化與機械化的部隊，以職業軍人組成，力主成立獨立的裝甲軍，這本書連運作方法都想好了。戴高樂的想法與法國的陣地防禦基本政策（具體的申張就是「馬其諾防線」）正好背道而馳，他的想法觸怒了守舊的長官，貝當元帥將他從一九三六年的晉升軍官名單裏除名。二次大戰開始之後，戴高樂才獲得率領裝甲部隊的機會，可惜局勢已經土崩魚爛，時不我予了。

法國投降德國後，流亡英國的戴高樂成為「自由法國」的領袖，他一九三四年那本小書的英譯本《未來的陸軍》（*The Army of the Future*），也在一九四〇年由倫敦哈奇遜出版社印行，封面書衣的最上方是三行字：一個一九三四年的預告；法國漠視它；德國當它一回事。

我於一九九〇年代末在倫敦的一家舊書店看到《未來的陸軍》，小開本，一百五十八頁，附照片和地圖，精裝，書況還不錯。我買下它除了它曾經有的意義之外，更重要的原因是封面裏用鋼筆工整簽下的字「Alexander McKee January 10th, 1941」。我知道亞歷山大・麥基，他是英國軍事史與海事作家，不久前我們還出版了他一本關於一五九一年到一九四九年間海上戰爭的中譯本《七海雄風》（*Against The Odds*）。我想像近一甲子之前的戰時，年輕的麥基買了戴高樂這本書展讀，多年後，他成為這個領域的專家。可又是甚麼原因使他放棄了這本書，流到舊書店裏呢？

九〇年代末，我於個人電腦只會收發信件，還不會上網，十多年後的最近，我上網搜尋，原來亞歷山大・麥基是個傳奇人物。一九一八年出生於海軍家庭的麥基，十五歲就單獨飛行了，二戰期間服務英國陸軍，寫詩，戰後寫過劇本。出版近三十本著作，主題多集中在軍事史和海事方面，他同時是潛水人，最知名的貢獻在尋獲和打撈亨利八世時代沉沒的戰艦「瑪麗玫瑰號」，也寫下了幾本關於這個主題的書。

遠在我遇到《未來的陸軍》，甚至我們出版《七海雄風》之前的一九九二年，亞歷山大・麥基就過世了。他所擁有的書流轉到舊書店，毋寧說是可以想見的事了。

中途島

中途島（Midway Islands）是美國位在中太平洋的珊瑚環礁群島，主要是沙島和東島兩個島，陸地很小。它位於夏威夷珍珠港西北方一千一百多海里之外，相對孤零。第一、二次世界大戰之間，美國軍方將之建成軍事基地，設有機場和碼頭。

這樣一處小島後來廣為人知是因為中途島之戰。日本偷襲珍珠港，美日開戰之後半年，一九四二年六月初旬，日本海軍以航空母艦為主力的機動部隊企圖占領中途島，一來控制中太平洋，二來吸引美國太平洋艦隊殘餘戰力，欲一舉殲滅之。這本是一場兵力懸殊的登陸戰，但由於美方事先破解了日軍密碼，有了應對的方案，加上一些時間上的機運，交戰之後，美國海軍軍機大破日本艦隊，擊沉了「赤城」、「加賀」、「飛龍」、「蒼龍」四艘航空母艦，而日本海軍航空隊的菁英也損耗慘重。這場戰役改變了戰爭的潮流，開戰之後勢如破竹的日軍，從此喪失了戰爭的主導權，之後便是美軍的反攻了。中途島之戰在太平洋戰爭的重要性，使戰後汗牛充棟的戰史戰紀裏都得專章討論，專書更是所在多有。

台灣讀者比較熟悉的是華特勞德（Walter Lord）著、黃文範譯的《中途島之戰：難以置信的勝利》（*Incredible Victory*），因為這本一九六七年問世的英文著作，中譯本分別在一九七一年（幼獅）和一九九四年（麥田）出版了兩次。除了原作者在太平洋兩岸訪談許多親身參戰的人並閱讀眾多檔案研判撰寫的內容之外，這本書中文版最有意思的插曲寫在譯序裏。黃文範先生譯完書之後，許多日本人名無法從羅馬拼音回復到漢字，正在苦惱之際，居然遇到了淵田美津雄。淵田美津雄是誰？他是珍珠港之役日本空襲部隊總指揮官，帶領第一波空中攻擊，一舉成名，史無前例地以中佐軍階面見天皇。中途島之戰時，他剛好開了盲腸，未能出擊，留在「赤城號」母艦上，「赤城號」雖然沉沒，淵田得以身免。戰後，淵田受洗成為基督徒，並多次赴美國及其他地方傳教。黃文範當時在台南工作，他的一位同事常常邀他去聽道，有一天說這回來講道的日本人叫淵田美津雄。黃文範一聽當然二話不說就去了，並在佈道會後請教淵田，淵田也很認真的為他解決了許多人名的問題。雖然這些人多是淵田的長官同僚部屬，但事隔多年，加上許多同音字的關係，名字還是有些錯誤，這些都要靠找到相關題材的日文書來對照才能找到正確的答案。

中途島之戰還有許多故事。二次大戰期間，美國海陸軍各單位紛紛網羅電影導演為他們拍紀錄片。中途島開戰，日本艦載機來轟炸中途島時，名導演約翰福特正在島上，拍下了激烈的戰鬥實況。為了紀念這一次的勝利，美國海軍在翌年起造的一艘航空母艦就命名為「中途島號」，它竣工服役時，二戰已經結束了。戰時和戰後，美國好萊塢拍了許多與各戰役相關的劇情片，一九七六年的電影《中途島之戰》就是其中的一部。這部電影眾星雲集，卻爾登希斯頓、亨利方達、葛倫福特、勞勃米契、詹姆士柯本、勞勃韋納等人之外，找來三船敏郎飾演聯合艦隊司令長官山本五十六。電影並不特別深刻，反而是日裔美人戰爭時期被關入集中營的處境這樣的次情節比較引人深思。

在戰前航空客運的跨洲飛行初期，中途島真的只是一個中途島。汎美航空橫越太平洋航線用的是波音三一四型飛艇（水上飛機），稱作「飛剪號」，是當時最大的客機。波音公司在一九三八到一九四一年間，為汎美航空建造了十二架這型的飛機，編號第二的叫做「加州飛剪號」，飛太平洋航線。

黃浦一期出身的孫元良將軍（一九〇四～二〇〇七，影星秦漢的父親），於抗戰期間去了歐洲一段時間，回程時經由美國、橫跨太平洋歸國時乘的就是「加州飛剪號」。一九九四年版的《孫元良詩存》裏有兩首詩的附記敘述了此次飛行的經過：一九三九年十月十一日午后四時五十分由舊金山起飛，飛行二千零九十一英里後，十二日晨五點半抵達火奴魯魯（檀香山），停靠珍珠港碼頭；十月十三日宿中途島。

孫元良的詩顯示了他對兩地的印象。

〈乘飛剪號到Honolulu〉：「……花的輝光，海的靜謐，溫煦的太陽，潔淨大空下的樂園——火奴魯魯。看呵！珍珠港內何其熱鬧呵！藍色波濤上排列著無數的銀灰色龐大戰艦，天空中的白雲和成群的戰機正在賽跑。太平洋上好像十分風平浪靜呵。……」風和日麗反襯出下一段他心中對日本人的仇恨。

〈宿中途島〉：「碧浪白沙，寧靜呵，海鷗之家。掠頭長鳴的朋友們呵，你們歡迎新到的客人嗎？我久苦塵囂，現在得到光明和清潔了。這裏沒有虛偽，沒有欺詐。歡喜感激的眼淚流不盡呵。」

〈宿中途島〉的詩後附有兩張照片。一張是碼頭邊，近處幾叢矮樹和候客亭，亭前是長長的棧橋直通海上，稍遠處停泊著「飛剪號」，棧橋盡頭有顯然是接駁的小艇數艘。另一張則是漫天飛舞的海鳥。

孫元良詩裏的中途島已經是七十幾年前的事了，七十幾年來，世界改變太多，海鳥還在，但已不復天堂。如果用「中途島」估狗，點進去，你會看到幾段影像，敘述中途島是信天翁繁殖的大本營，然而數以千萬噸計的塑膠垃圾遍布太平洋，成鳥誤以為可食，銜拾餵養雛鳥的結果，使幾十萬隻幼鳥因脫水等症狀致死。從鏡頭中，可以看到幼鳥屍骸裏盡是牙刷、瓶蓋、打火機、水管、玩具等大量的塑膠垃圾。昔日的海鳥天堂已成生態地獄。二〇一三年，花蓮太平洋詩歌節，徵選活動入選作品，呂家慈的〈中途島之歌〉，吟誦的也是這種景況。

中途島的劫難都已經入詩了。

下海的騎士・森恩・艾蘭島

愛爾蘭西邊有幾座島嶼，名叫艾蘭（群）島（Aran Islands），它主要由三個島組成，排列在高爾威灣西緣，封住了這個海灣。

艾蘭島位置偏僻，地瘠人貧，卻由於劇作家約翰・密林敦・森恩（John Millington Synge）的關係，發揚光大，成為文學上許多人熟知的一個地方。

I

第一次知道艾蘭島是因為森恩的劇本《*Riders to the sea*》的關係，那還是我的學生時代。《*Riders to the sea*》有一個譯法叫做「騎馬到海上的人」，意象不錯，可內容卻是悲傷的。

這是齣獨幕劇，背景設在以海維生的艾蘭島上某個小屋的廚房。幕起時老婦人莫雅已經在過往的歲月裏失去了丈夫和四個兒子，他們都死於海上；第五個兒子前不久在海上失蹤了，只剩下最小的兒子和兩個女兒陪伴她。戲劇結束時，失蹤的兒子經由漂流到遠地殘缺遺體上襪子的織法和針數確認了死訊；而在早上堅持出門的小兒子也在驅馬趕集的途中落海死了。莫雅失去了她所有的兒子。

《*Riders to the sea*》承接希臘悲劇的傳統，但把背景搬到了愛爾蘭西邊的小島上。劇中人物沒有道德上的選擇，也沒有性格上的重大缺失，卻得遭受幾乎是無可避免的悲劇。天道無情，人是怎樣地來面對祂呢？莫雅以堅強的心情面對。她說：「現在他們全都走了，從此大海再也無奈我何了……」

這齣戲是森恩的傑作，也是他多部劇本中演出最多的一齣。一九八〇年代中，我曾經在耕莘文教院禮堂觀賞過它的演出。簡單的布景、黑色系的服裝、緩慢的調子，營造出陰鬱的氛圍，壓迫著人們的心頭，歷久難去。

2

森恩一八七一年生於都柏林郊區一位地主兼律師家庭。雖然父親在他出生第二年便過世了，森恩還是接受了上層階級的教育。他本來就喜愛文學與音樂，都柏林三一學院畢業後，便到德國去學音樂；未久，又踏上旅途，到義大利等地過著波希米亞式的生活。後來放棄音樂，落腳巴黎追尋文學之夢，並決定要當一個法國文學評論家。但是，他的鄉親前輩葉慈（W. B. Yeats）勸他致力於愛爾蘭語言和文化傳統，稍後在一八九八年，建議森恩到艾蘭島去把自己當成在地人一樣地生活，把那從未有人表達過的生活寫出來。

森恩接受了葉慈的建議，愛爾蘭文學史因而又開創了新的一頁。

一八九八年到一九〇二年，森恩花了五個夏天到艾蘭島，和這些與土地及大海奮鬥的島民生活在一起。森恩對這個孤立社會的興趣持續增長，他和島民自然而然地交上朋友，他學著與他們說蓋爾語，聽他們說故事，聽他們說唱古老的歷史掌故以及荒誕不經的打油詩。

可以說，艾蘭島給了森恩無盡的創作源泉，而森恩的才氣也在這裏迸出了火花。

森恩把他在艾蘭島的筆記加上自己的解說，最後整理成一本書，書名就叫《艾蘭島》（*The Aran Islands*）。這本一九〇七年出版的《艾蘭島》以及他身後才出版的《威克婁、威斯克利和康涅馬拉》（*In Wicklow, West Kerry and Connemara*），是他劇本的主要背景材料。這些創作於一九〇三年到他一九〇九年去世之前的劇本，使他成為愛爾蘭文學劇場的第一個大劇作家。其中最著名也公認為最好的兩齣劇本就是《*Riders to the sea*》和《*The playboy of the western world*》（《西方世界的花花公子》）。

森恩同時也加入葛里高萊夫人和葉慈的劇場運動，並在阿比劇場擔任要職，直到他因病以三十八歲英年早逝為止。

3

雖然戲劇系或外文系的現代戲劇課程多半都會讀到森恩的《*Riders to the sea*》，但我讀到的第一個譯本是收在許國衡先生譯的《現代獨幕劇選》

〈新風，一九七二）裏的，譯成〈下海的騎士〉，根據這本書的後記，其實許先生早在一九五九至一九六〇年間就譯了刊在《筆匯》雜誌上，譯名叫〈海怨〉。

我後來在書店看到過驚聲文物出版的一系列劇本，其中有一本就是森恩的兩齣劇本《*Riders to the sea*》和（可能是）《西方世界的花花公子》。如同這本書譯成「海上騎士」，森恩也有譯為「辛約翰」或「約翰辛」的。

這麼多的譯名，我還是認為「下海的騎士」比較接近戲裏面的意思，含意也豐富些。

4

至於Synge的譯名用森恩，沒什麼好惡，因為事隔三十多年，許國衡教授又譯出了《艾蘭島》（二〇〇四，麥田），我們跟從他的譯法。

森恩自己能拍照，他的多次艾蘭島行，留下了不少十分具風格的照片（中譯本也收有十幾張）。多年來我就是以這些照片和森恩的相關資料作底，構築我腦海中的艾蘭島影像。

然而這些都是百年前的艾蘭島，而我未曾履足於斯。大部分人都沒聽過艾蘭島，可是朋友裏居然有一位到過那裏。

「我九年前去過艾蘭島，在島上騎過腳踏車。」她說。

「有照片嗎？可不可以讓我們看看，看現在的艾蘭島。」

「到我的部落格吧。」

【旅人之星】54

日子的風景

作者——— 陳雨航
美術構成— 吉松薛爾
特約編輯— 曾淑芳
校對——— 陳雨航、曾淑芳
行銷企劃— 林泓伸
總編輯—— 郭寶秀

發行人—— 涂玉雲
出版——— 馬可孛羅文化
台北市民生東路二段141號5樓
電話：(02) 25007696
發行——— 英屬蓋曼群島商家庭傳媒股份有限公司城邦分公司
台北市中山區民生東路二段141號2樓
客服服務專線：(886) 2-25007718；25007719
24小時傳真專線:(886) 2-25001990；25001991
服務時間：週一至週五上午09:00-12:00；下午13:00-17:00
劃撥帳號：19863813 戶名：書虫股份有限公司
讀者服務信箱：service@readingclub.com.tw
香港發行所 城邦(香港)出版集團有限公司
香港灣仔駱克道193號東超商業中心1樓
E-mail：hkcite@biznetvigator.com
馬新發行所 城邦(馬新)出版集團
Cite(M) Sdn.Bhd.(458372U)
11, Jalan 30D/146, Desa Tasik Sungai Besi, 57000 Kuala Lumpur, Malaysia
電話：(603) 90563833 傳真：(603) 90562833
製版印刷— 前進彩藝有限公司
初版一刷— 2015年2月
定價——— 260元(HK$87)

ISBN：978-986-5722-40-1(平裝)
Published by Marco Polo Press, a Division of Cité Publishing Ltd.
Printed In Taiwan

城邦讀書花園
www.cite.com.tw

國家圖書館出版品預行編目(CIP)資料

日子的風景 / 陳雨航著. -- 初版. -- 臺北市：馬可孛羅
文化出版：家庭傳媒城邦分公司發行, 2015.02
208面；14.8×21公分. -- (旅人之星；54)
ISBN 978-986-5722-40-1(平裝)

855 103028082